CLÁSICOS de
CIENCIA FICCIÓN y FANTASÍA

SIZIGIAS Y CUADRATURAS LUNARES

y otras ficciones novohispanas realizadas por religiosos

Antonio de Rivas
Juana Inés de la Cruz
José Mariano de Iturriaga

PRÓLOGO DE RICARDO MUÑOZ FAJARDO:
LOS ECLESIÁSTICOS VIRREINALES Y LA FANTASÍA

Ciencia Ficción y Fantasía - 166

Sizigias y cuadraturas lunares y y otras ficciones novohispanas realizadas por religiosos
Primera Edición, enero de 2026

© Libros Mablaz, Madrid

© De esta edición, Libros Mablaz, Madrid

blogs:
Editorial Libros Mablaz
http://editoriallibrosmablazycienciaficcion.blogspot.com.es/
Ciencia ficción y fantasía en Libros Mablaz:
http://mablazlibros.blogspot.com.es/
Librería en Todocolección:
https://www.todocoleccion.net/s/catalogo?identificadorvendedor=LibrosMablaz

Diseño de cubiertas: Mari Carmen López

ISBN: 979-13-991399-7-6
Depósito Legal: M-1419-2026

LIBROS MABLAZ - 440

Sizigias y cuadraturas lunares

y otras ficciones novohispanas realizadas por religiosos

Antonio de Rivas

Inés de la Cruz

José Mariano de Iturriaga

Prólogo: Los eclesiásticos virreinales y la fantasía

Puede parecer sorprendente que se puedan relacionar dos conceptos que, en principio, pueden parecer antagónicos, como son la protociencia ficción, y más ampliamente a la fantasía, con el de religiosos, sobre todo, aunque hay también alguna fémina que citar, porque el rígido dogma del catolicismo imperante en el imperio español parecía muy poco propicio para dislates imaginativos de sus representantes.

Pocas otras salidas literarias tenían los habitantes de las colonias en esos años, puesto que en los diferentes virreinatos, de una forma mucho más evidente que en la metrópoli, la cultura emanaba del interior de los conventos, donde se escribía y leía, mientras que el resto de los mortales lo hacía muy poco.

Por tanto, los escritos que se pueden englobar en el género relativo a este libro emanan de sentimientos religiosos, lo que no significa que los diferentes autores que citaremos no utilizaran la fábula a la hora de redactar sus composiciones que se pueden asimilar a la protociencia ficción o la fantasía.

Como suele habitual en la redacción de los prólogos de estas reediciones, llevaremos un orden cronológico a la hora de citar las obras y autores que se pueden incluir en esta clase de relatos, novelas incluso, o poesías que pueden entrar en el canon de este género.

Francisco de la Cruz, finalmente condenado por la inquisición, redacta *Declaración del apocalipsis* en el año 1575 mientras estuvo encarcelado en el que toca un asunto en absoluto dogmático, como es la caída de la Iglesia de Roma y el surgimiento de otra que la sustituye en América.

Francisco Solano, nombrado guardián del convento de Nuestra Señora de los Ángeles en Lima, escribió un texto breve que se llamó *El sermón de la destrucción de Lima*, que fue más que nada una predicación apocalíptica sobre la falta de fe en la capital del virreinato.

España y Portugal fueron un mismo país entre 1580 y 1640, y aunque está fuera de fechas porque las dos naciones ya habían emprendido su andadura histórica por separado, en 1649 Antonio Viera empieza la redacción de *Historia do futuro: profetismo milenarista*, publicada en parte diez años después, y que quedó inacabada, que plasma en sus líneas cuestiones utópicas.

Francisco de Castro compone una obra poética, *La octava maravilla* (1680), en el que trata con mucha fantasía el acontecimiento de la aparición de la virgen de Guadalupe.

De 1685 es *Primero sueño*, oda poética, que en este libro se ha pasado a prosa, de la imprescindible sor Juana Inés de la Cruz el primer escrito de los tres que componen esta obra, puesto en segundo lugar, llegado el momento explicaremos el porqué. La temática, un tanto filosófica, habla sobre el viaje del alma durante el sueño, organizado como en tres partes: el dormir, el viaje y el despertar.

Sizigias y cuadraturas lunares, de Manuel Antonio de Rivas, escrita en torno al año 1773, es la novela corta que comienza este libro, que lleva mayormente su título, porque a pesar de su no mucha extensión es, sin ningún género de dudas, a primera obra novohispana, en realidad de toda la España virreinal, que se puede considerar literaria, una ficción que en parte habla de matemáticas y medidas astronómicas y, por otra, un viaje a la Luna y las costumbres e historia de los selenitas, que en el texto son llamados anctítonas, mediante el recurso de la escritura de una carta por uno de estos a un terrícola habitante de Yucatán.

La conservación de este relato se debe casi a una casualidad, puesto que fray Manuel Antonio también tuvo que vérselas con la inquisición y, en el expediente del proceso, como prueba de la acusación, se incluyó el manuscrito, rescatado del anonimato por unos investigadores del llamado Santo Oficio en Nueva España.

Sizigia, así escrito, con «z», es un término astronómico utilizado para referirse a la alineación perfecta de al menos tres cuerpos celestes. Otro sentido del término proviene «de la tradición alquímico-hermética que designa la pareja procrea-dora macho-hembra[1]»

De 1774 es *La Californiada*, otro poema hecho prosa en este libro escrito por José Mariano de Iturriaga, un encargo de la Compañía de Jesús para conmemorar el segundo centenario de la formación de la orden. El relato es una apología de los jesuitas, para lo que mezcla muchas fantasías y realidades de la predicación de los suyos en Baja California.

---

[1] Gastón Germán Caglia: "Sizigias y cuadraturas lunares", en Sitio de Ciencia-Ficción, 9 de abril de 2022.

Sizigia de Venus (en la parte superior), Júpiter (abajo)
y la Luna (en medio)

SIZIGIAS Y CUADRATURAS LUNARES

AJUSTADAS AL MERIDIANO DE MÉRIDA DE YU-
CATÁN POR UN ANCTÍTONA O HABITADOR DE LA
LUNA Y DIRIGIDAS AL BACHILLER DON AMBRO-
SIO DE ECHEVERRÍA, ENTONADOR QUE HA SIDO
DE *KYRIES* FUNERALES EN LA PARROQUIA DEL
JESÚS DE DICHA CIUDAD Y AL PRESENTE PROFE-
SOR DE LOGARÍTMICA EN EL PUEBLO DE MAMA
DE LA PENÍNSULA DE YUCATÁN, PARA EL AÑO
DEL SEÑOR 1775

Antonio de Rivas

Señor bachiller: Tiempo ha se recibió en este globo de la luna una carta anónima con data de 5 del mes *epifí*[2] del año de Nabonasar 2510. El terrícola que la escribe se titula el atisbador de los movimientos lunares, lo que hace ver en su carta nuncupatoria[3] presentándonos las sizigias[4] y cuadraturas[5] lunares con las neomenias[6] judaicas modernas, *nabonasáreas*, áticas, egipcias, arábigas, pérsicas, dispensadas por el año común del Señor 1763. Ciertamente el atisbador en su carta, a vuelta de uno u otro sarcasmo que

---

[2] Conjunción u oposición de la Luna con el Sol.
[3] Dicho de un escrito que tiene como objeto dedicar una obra a alguien, o nombrarlo e instituirlo por heredero, o conferirle un empleo.
[4] Conjunción u oposición de la Luna con el Sol.
[5] Cuadratura se refiere principalmente a la geometría y la astronomía, y tiene un significado coloquial de imposibilidad.
[6] Neomenia: fiestas que desde la más remota antigüedad se celebraban en las lunas nuevas de cada mes en Siria, Egipto, Grecia y Roma...

mañosamente y como al descuido deja caer, tira algunos bellos rasgos de erudición nada vulgar. ¿Creeréis, vos, Señor bachiller, que no se supo acá qué postillón aéreo condujo esta nuncupatoria ni por qué plaga entró en este hemisferio? Pues es cosa que aun en el día se ignora. Como el atisbador se nos manifiesta uno de los pocos terrícolas menos desatentos y más bien criados, pensamos darle alguna seña de reconocimiento al oficio con que nos honra, y del aprecio que hacemos de su mérito, candor y humanidad, compensamos obsequio con obsequio. A este fin, de las diferentes regiones en que se divide este orbe lunar que vosotros en la selenografía llamáis el Platón y es el país de las quimeras, se juntaron los mejores compu-

tistas versados en la historia del globo terráqueo para tratar del argumento, registrando en la más rica biblioteca que acá
tenemos todo género de noticias pertenecientes a las épocas memorables del orbe
terrestre después de muy pocos millares
de años. Porque de los siglos remotísimos
la catástrofe infeliz que han tenido nuestras memorias abajo daré un corto apun-
tamiento y será el mismo que vosotros
debéis saber pues consta en vuestra mitología (Ovidio, libro 2 de *Metamorfosis*).
Nuestros historiadores y cronólogos desde
luego pronunciaron que todas las sizigias,
cuadraturas y neomenias escritas a la
frente de la carta nuncupatoria se ajustan
puntualmente a las raíces o fuentes de
donde se derivan, de modo que si estuvie-

ran en uso nada hubiera que enmendar o corregir. Pero en cuanto a las arábigas o mahometanas que están corrientes, muchos sintieron que ha sido ímprobo el trabajo del atisbador. Porque, decían ellos, ¿qué pluma seria puede emplearse en unos epilogismos cuya raíz y caracteres acuerdan a los cristianos la religión de una canalla brutal que profesa una secta del todo opuesta a las reglas suaves del evangelio? Este sagrado volumen pone en camino al espíritu para unirse a su creador. El Alcorán suelta la rienda al apetito sensual para hundirlo en las hediondeces de la carne. Por el contrario, algunos no dudaron mantener que la noticia de los años arábigos y la distribución de sus neomenias no debía ser enojosa a los aman-

tes de las ciencias y que en esta consideración se tuviera respecto a los años lunares de la época hégira y de la primera
neomenia *muharram*[7]. Esto, Señor bachiller, es juzgar con equidad. El mismo castigo, a poco más o menos, sufrió el año
judaico y sus neomenias, conviniendo todos que esta casta de gente era la más
tonta y estúpida del mundo pues aún es-
pera la venida del mesías prometido como
los otros la vuelta del Rey Don Sebastián
a Portugal. No obstante, me ordenaron
que notase el año judaico corriente y la
primera neomenia *tisrí*[8]. Y que por lo demás podían los judíos modernos enten-
derse allá con algunos terrícolas sobre si

---

[7] Muharram es el primer mes del calendario islámico, marcando el inicio del Año Nuevo islámico. Es uno de los cuatro meses sagrados del islam. En él se celebra la Hégira.
[8] Tisrí: primer mes del año hebreo.

la ley antigua fue intimada a sus mayores, no como un estado de justicia y salud, sino más bien de pecado y de muerte; y si la Sinagoga no era otra cosa que una colección de hombres carnales sólo atentos a las cosas terrenas y que por ellas adoraban a un solo Dios verdadero.

Viniendo ahora al fin desgraciado que tuvieron nuestros antiguos monumentos, bien sabéis Señor bachiller que un padre inconsiderado fio el gobierno de los caballos del sol a un hijo joven, arrogante, desvanecido, con sola la vana precaución de un medio tutissimus ibis[9], el cual cuando por las vastísimas provincias del éter incendió todos los planetas y nuestro orbe, reduciendo a polvo todo cuanto en-

---

[9] Alocución latina que significa «irás más seguro».

contró en su superficie salvándose algunos pocos anctítonas en la profundidad de las cavernas. Como nuestras memorias estaban grabadas en láminas de plata, que es el papel de que aún hoy usamos, no pudieron resistir a la actividad de un fuego voracísimo. En fin el desvanecido Faetón[10] pagó su loca temeridad, cayendo de cabeza en el Po, otras veces Erídano[11]. Tan cierto es que el fausto, la pompa, el valimiento y otras cualesquiera halagos de la fortuna en los palacios *regia Solis erat*[12], si no se ajustan a las inspiraciones de la moderación y de la prudencia llevan insensiblemente al precipicio. En este in-

---

[10] Faetón o Faetonte era un hijo de Helios y hermano de las Helíades, especialmente recordado por ser el malhadado conductor del carro del sol.

[11] Otro nombre del río Po.

[12] *Regia Solis erat* significa «era el palacio del Sol» y es el comienzo del Libro II de la *Metamorfosis* de Ovidio, donde se describe la casa del dios Sol, Apolo.

cendio memorable fijamos nuestra época, según la cual este presente año es el de 7.914.522 del incendio lunar. No os debe hacer novedad este número de cifras siendo constante en vuestras relaciones (Padre Juan Bautista Du Halde: *Cartas edificantes*) que los más de los cronólogos del dilatado imperio de la China el año de Cristo 1444 contaban 88.639.860 años de la creación del mundo. También puede seros importante saber que nuestro año lunar consta de 437 días, distribuidos por 12 meses, los cuales son *hydrón, schthyón, crión, taurón, dyaymón, karkinón, leontón, pardienón, zigón, scorpión, toxón* y *ogón*.

Estando para disolverse el congreso a que yo asistí como secretario y computista vimos, como a distancia de dos millas y media (¡quién lo pensara!) un carro o bajel volante instruido de dos alas y un timón puesto donde debe estar, que venía rompiendo nuestra atmósfera con una celeridad increíble. Al principio pensamos que todo era ilusión pues no hay memoria ni tradición de haberse visto jamás en nuestro orbe hombre alguno en cuerpo y alma. Salimos a conducirle a nuestro Ateneo y después de haber hecho el arráez una profunda reverencia, dio cuenta muy por menor de su viaje y destino de que nosotros sólo podremos hacer un extracto muy diminuto y él allá de vuelta podrá explayarse cuanto quiera. *Monsieures*, dijo, yo me llamo Onésimo Dutalón: nací en un pequeño lugar del Bayliage d'Stampe, en la Francia. Hice mis primeros estudios en mi patria, mas viendo que la filosofía de la escuela era inútil y que no podía hacer docto chico ni grande, pasé a París en donde me entregué con aplicación infatigable al estudio de la física experimental, que es la verdadera. Y con esta ocasión, después de una meditación pausada en las obras de aquel espíritu de primer orden del suelo británico, el incomparable Isaac Newton, me hice dueño de los más profundos arcanos de la geometría. Vuelto a mi patria, cultivé la comunicación y amistad de un eclesiástico llamado *monsieur* Desforges, hombre que sabe apreciar el mérito de los sabios sin respeto a facultades, autoridad, ni poder. Como nuestra amistad se iba estrechando cada día, quise darle una prueba de confianza comunicándole el empeño en que estaba de fabricar una máquina volante cual es la que veis. Después de una infinita repugnancia instruí a *monsieur* Desforges, porque así lo pedía, en todas las reglas que podían dirigir la práctica del secreto comunicado. Yo no podré deciros, *monsieures*, en qué paró la instrucción. Por lo que a mí toca, previniendo que al vérseme discurrir por el aire se encendería una hoguera para ser quemado públicamente en la plaza como mágico, tuve por conveniente, para hacer algunos ensayos, antes de remontarme a las esferas salvarme en una de las islas Calaminas en la Libia, flotantes o nadantes en la superficie del agua, de que hacen mención Plinio libro 2, capítulo 95; y Séneca libro 3, capítulo 25. Retirado pues a una de estas islas, hice el primer ensayo lustrando toda el África. En el segundo, picado de una curiosidad geográfica, quise examinar por mí mismo si había alguna comunicación por la parte del norte entre nuestro continente y el americano y hallé que los dividía un *euripo*[13] del mar glacial. En el tercero, levantando un poco más el vuelo, hice asiento en la eminencia de los dos montes más altos de la tierra, el de Tenerife en una de las Canarias y el de Pichincha en el Perú. En la cumbre de este último cerro tuve el gusto de experimentar que el agua regia o fuente, libre de la gravitación y presión del aire, no disolvía el oro poco ni mucho, como tam-

---

[13] Estrecho de mar.

bién por esta misma causa no tenían gusto alguno sensible los cuerpos picantes y mordaces como la pimienta, la sal, el acíbar[14], etcétera. Sobre la elasticidad o resorte del aire, experimentos que ahora no importa referir. Después de dos meses y medio volví a la isla flotante de mi residencia y mirándome en una disposición ventajosa para emprender un viaje literario a este planeta, me embarqué en mi carro volante encomendándome a mi buena o mala suerte, hallándose la luna dicótoma respecto de quien la observaba de la tierra, de cuyo centro distaba según su paralaje semidiámetros terrestres. Como yo en mi viaje no me apartaba del plano de la equinoccial, corridas 273 leguas de at-

---

[14] Aloe.

mósfera tuve la curiosidad de arrojar al fluido que navegaba una cuartilla de papel de China y observé con grande admiración mía que el papel seguía hacia el Oriente la rotación que llevaba la atmósfera con el globo terráqueo. Antes de salir de esta región hacía un frío incomparablemente más intenso que el que sentí en la Estotilandia[15] en mi segundo ensayo sobre el que hice una reflexión digna de atención pública en oportunidad favorable, para esforzar la opinión de cierto filósofo moderno en orden a la causa del frío en sitios elevadísimos sobre el nivel del mar. Tenía yo andadas bien seguramente 25 mil leguas cuando tuve bastante que reír

---

[15] Estotilandia es el nombre dado a una supuesta isla que aparece en el mapa del cosmógrafo Antonio Zeno en el siglo xiv y que estaba ubicada cerca de la península del Labrador, en el actual Canadá.

acordándome del turbillón[16] terrestre de *monsieur* Descartes, quien por un rapto de imaginación extravagante hace dar vuelta a la luna alrededor de la tierra en fuerza de su turbillón, de la que no encontré el menor vestigio.

Y para asegurarme más bien, tiré al fluído una pipa llena de agua del río Leteo[17], que perseveró inmóvil en aquel éter purísimo. Y también vine en pensar que si allí se construyese una torre cien mil veces más alta que la de Babel, se mantuviera eternamente sin vaivén, sin movimiento, sin desunión de sus partes ni inclinación o propensión a centro alguno.

---

[16] Turbillón: españolización del término francés *tourbillon,* que significa torbellino.

[17] El río Leteo es un río mítico del Hades en la mitología griega, famoso por sus aguas que provocan el olvido de la vida pasada en quien las bebe. En el inframundo, las almas beben de él para olvidar sus vidas anteriores antes de reencarnar. El nombre «leteo» es un adjetivo que se refiere a la cualidad del olvido asociada con este río.

Yo (digo la verdad) en medio de aquella materia celeste no sentí frío ni calor, aún herido de los rayos directos del sol que congregué en el foco de un exquisito espejo cáustico y no inflamaron ni licuaron varias materias puestas a conveniente distancia sin duda por falta del aire heterogéneo, de que concluí que la catóptrica[18] con sus demostraciones no tiene qué hacer en aquel éter sutilísimo y homogéneo. En fin, *monsieures*, dijo el *maquinario* Dutalón, después de los auxilios precautorios que tomé para el uso de la inspiración y respiración en un espacio en donde no puede haberle por su raridad e improporción, no tenéis por qué preguntarme cuando me veis que sin pérdida de

---

[18] Dicho de un aparato que muestra los objetos por medio de la luz refleja.

la vida he arribado velozmente a este orbe. Yo os certifico que cualquiera terrícola durmiendo [¿puede?] hacer el mismo viaje con la misma felicidad. Yo le continué observando y filosofando y después de todo me hallo con la satisfacción de haberme deshecho de una infinidad de preocupaciones, habiendo registrado las claras fuentes en que deben beberse las noticias experimentales, que es lo que aconseja Marcial en el epigrama 102^{19} del libro 9.

Cada planeta es el centro de un nuevo torbellino que retiene en su proximidad la materia que lo rodea. Esto explica, para Descartes, que la Luna esté en

---

[19] El epigrama 102 de Marcial pertenece al Libro XII, que fue publicado alrededor del año 102 d.C. y se caracteriza por temas satíricos y una visión de la sociedad romana de la época. Es un poema breve de carácter ingenioso, satírico o festivo, típico del género que cultivó el poeta hispanorromano Marco Valerio Marcial, quien se hizo famoso por retratar de manera vívida la vida en Roma durante el siglo I.

órbita alrededor de la Tierra y que los objetos que están en la Tierra no se caigan cuando esta sigue su órbita alrededor del sol. Esta fuerza de los torbellinos explica por qué todos los planetas del sistema solar rotan alrededor del sol en la misma dirección.

Multum, crede mihi, refert, a fonte bibatur, qui fluit, an pigro, qui stupet unda, lacu[20].

Aquí iba a hablar el presidente del Ateneo cuando distrajo nuestra atención una tropa de ministros infernales que entrándose en la asamblea, el jefe, que era

---

[20] ¡Oh! créeme: hay diferencia en beber la cristalina agua corriente, o en beberla en un charco detenida.
Epigramas, Lib. IX, 100),
Autor: Marco Valerio Marcial

de muy mala catadura, sin hacer cortesía se explicó de este modo:

—Nosotros de orden de nuestro príncipe vamos muy lejos de aquí cuanto de aquí dista el globo solar. Conducimos el alma de un materialista, que en el punto de la separación del cuerpo fue arrastrada a la puerta del infierno en donde no quiso recibirle Luzbel diciendo que estaba informado por sus esbirros que rodean toda la tierra que es un espíritu inquieto, turbulento, enemigo de la sociedad racional y de la espiritualidad del alma. Que en su opinión la madre que le parió no era de mejor condición que el zorro, el puerco espín, el escarabajo y otro cualquier vil insecto de la tierra cuya alma muere con el cuerpo. Que no quería aumentar el desorden, la confusión y el horror que eternamente habita en su república, tal cual ella es, con el establecimiento de un impío. Y que luego escoltado por un destacamento de cuatrocientos demonios, fuese llevado a aquel gran pirofilacio, el Sol.

—¿Al Sol, dijo el presidente del Ateneo, en donde el Altísimo colocó (Salmo 18[21]) su trono y pabellón?

—Sí, *monsieur*, al Sol, repuso Dutalón, porque en el Sol colocó el infierno un anglicano, natural de Londres, llamado Svvidin[22], que en una disertación, con los dos versículos 8 y 9 del capítulo 16 del Apocalipsis, pretende persuadir que el lu-

---

[21] El Salmo 18 es un salmo de David, rey de Israel, de alabanza y acción de gracias por la protección y victoria de Dios sobre sus enemigos.

[22] Svvidin o Sevidín, según las versiones. Hace alusión a M. Swinden, autor de *Investigación de la naturaleza del fuego del infierno y del lugar donde se encuentra*.

gar de los condenados está en medio del Sol, en donde el demonio fijó su trono (actas de los eruditos al mes de marzo, 1745) y que esta es la razón porque tantas naciones en el orbe terráqueo hayan adorado al sol como Dios.

—Según eso, dijo el presidente del Ateneo, ese fatuo Svvidin también pudo con el mismo derecho haber colocado el infierno en este orbe lunar, pues es constante en nuestras memorias que la Luna ha tenido en la tierra sus adoradores. Por ventura, *monsieur* Dutalón, prosiguió el presidente, ¿hay todavía por allá altares consagrados a nuestro culto?

—Yo no sé, respondió *monsieur* Dutalón, que se haya renovado las víctimas y holocaustos de aquellos remotos siglos después del hecatombe que ofreció el fundador de la escuela itálica, Pitágoras, en Crotón, noble población al fondo del seno *tarrentino* en la Calabria, provincia del Procurrentes de Italia, en acción de gracias por haber hallado la proposición 47 del libro 1° de Euclides[23], con que enriqueció las matemáticas.

—Y vos materialista, dijo el presidente encarando hacia él, ¿habéis estado en el quersoneso[24] de Yucatán y tratado o conocido por ventura allí un atisbador de movimientos lunares?

—Yo, Señor, respondió el materialista, he paseado todo aquel país y conocido un sinnúmero de atisbadores de vidas

---

[23] Euclides fue un matemático y geómetra griego autor *Elementos*, de trece volúmenes, de conocimientos matemáticos demostrados ya en su época.
[24] Península.

ajenas, pero de movimientos lunares sólo he oído hablar de un almanaquista que ocupa el tiempo en esas bagatelas pudiendo emplearlo más útilmente en formalidades forenses como: dar traslado a la parte, en vista de autos, escrito de bien probado, acusar la rebeldía, girar los autos, etcétera; que es ciencia de notarios y se hizo ya de la moda, a que pudiera añadir el leve trabajo de registrar índices de libros de consultas en romance o en latín tan claro como el canon de la misa, para hacerse expectable en el vulgo por este camino ya que no puede por otro. También hoy decía que el almanaquista mantiene comunicación epistolar con el bachiller Don Ambrosio de Echeverría, residente en el pueblo de Mama, hombre de un juicio sólido, muy práctico en los primores de la música moderna y en el manejo del canon trigonométrico, de quien podréis informaros en cuanto deseáis saber.

Dicho esto, le arrebataron los demonios siguiendo su derrota a aquel océano de fuego. Ido el destacamento infernal, *monsieur* Dutalón pidió con un modo muy obligante se le diera una instrucción para correr todo este hemisferio y su opuesto y notar lo más excelente que encontrase en el orbe lunar.

El presidente del Ateneo compendió el itinerario en pocas palabras diciéndole:

—*Monsieur*, nosotros sabemos por repetidas observaciones que el diámetro verdadero de la Luna con el de la Tierra guarda la proporción de 33 con 121 con la diferencia de una fracción minutísima y a este respecto es importante dividir el viaje que vais a hacer en 3 distancias siguiendo la vertical que pasa por el sudoeste. La primera distancia es de 132 leguas y termina en un monte de plata que puede observarse muy bien desde la Tierra con el subsidio de la dióptrica[25] y aun medirse geométricamente, pues se levanta sobre el plano horizontal 296 hexápedas[26], que hacen 2066 pies de Castilla[27] con corta diferencia. La segunda distancia es el País de los Sordos y termina en un puente magnífico de una estructura acabada, llamado el puente de los asnos, cuyo número

[25] Rama de la óptica que trata la refracción de la luz.
[26] Antigua medida de longitud de seis pies.
[27] Los pies de Castilla eran una antigua unidad de longitud tradicional española, equivalente a unos 278,6 mm, que equivalía a la tercera parte de una vara castellana y contenía cuatro palmos o dieciséis dedos.

de arcos es tal que restado de 188 y del mismo número de arcos restando 48, los residuos o restas son como 12 con 8 = 22,56 - - 12 V Ω 8V - - 386. Hecho el análisis conveniente, habréis pasado el puente con el gusto de saber cuántos arcos tiene el puente de los asnos. En la tercera distancia, cuya mayor parte ocupan los Campos Elíseos[28] tan famosos en la teología gentílica, se descubre una ciudad donde reside el *chérif*[29], con todas sus casas, calles, plazas, etcétera, de plata, ni más ni menos que la ciudad que os describe Mayoli[30] (sobre la fe de otro) en el coloquio 23 del libro 1°, situada cerca de Bazaim, navegando de Ormuz a Goa en la India

---

[28] La famosa avenida parisina no se llama así porque sí, sino por la existencia en la mitología griega de significaba que los Campos Elíseos eran el paraíso reservado para los héroes y las almas virtuosas.
[29] Un descendiente de Mahoma.
[30] No hemos encontrado referencias de este nombre.

Oriental, toda la ciudad de una peña cortada y excavada.

»Con esto, *monsieur*, dijo el presidente, pienso haber satisfecho a vuestro deseo. De modo que el cuadrado de la primera distancia de 132 leguas, juntamente con los dos cuadrados de la segunda y tercera distancia expresadas, suman 1.585.584. Bien sabéis, *monsieur*, que el cuadrado de un número es el producto del número multiplicado por sí mismo.

» 1ª ....132V Ω + 2.

2ª ....17424.+2 + V2 Ω 1585584.

»Conque descifrada esta algarabía algebraica que os presento, vendréis a saber cuántas leguas tiene la segunda distancia, cuántas la tercera.

Monsieur Dutalón se entró en su carro volante tomando el rumbo del sudoeste y dado el buen viaje, nos mantuvimos en el Ateneo hasta su vuelta.

Entretanto nosotros tomamos la gustosa diversión de colocar la ciudad de Mérida de Yucatán debajo del meridiano inmóvil de un globo geográfico que aquí dejó *monsieur* Dutalón y hallamos que su latitud septentrional es 20 grados 20 minutos, lo mismo que teníamos observado, como también su situación a la mitad del tercer clima, cuyo día máximo del año debe ser de 13 horas 15 minutos. Y como desde aquí vemos que gira la tierra de poniente a levante sobre su propio eje a proporción del movimiento de la equinoccial terrestre, le corresponde a esta península, según su paralelo, cuatro leguas españolas en un minuto de tiempo. Verdaderamente es un milagro continuado de la Omnipotencia que todos sus habitadores no sean lanzados por esos aires con un movimiento muchísimo más impetuoso que el que a la piedra da la honda pastoril por la tangente de su círculo.

En esta consideración debéis padecer un vértigo o desvanecimiento de cabeza permanente que impida las funciones y reflexiones de una alma racional dándoos, como gente sin un adarme de seso, a todo género de profanidades, al lujo, a la farándula, al dolo, a la perfidia, a la alevosía, a la simulación profunda, a la codicia sórdida, a la ambición violenta hasta pisar descaradamente lo sagrado, una adulación fastidiosa hasta el abatimiento, una calumnia detestable hasta el más alto grado de malicia, una discordia perpetua entre la lengua y el corazón, una sensualidad más que brutal que sólo con la muerte acaba, una mendacidad por herencia, una volubilidad o inconstancia por temperamento y otras torpezas indignas de la naturaleza racional que pueden llenar de borrones más papel que conduce una flota al puerto de la Veracruz. De intento hemos formado este panegírico o llámese inventiva si así lo queréis, en despique de los chistes que nos comunica el atisbador en su carta de 5 del mes *epifí*, en que dice que los pocos terrícolas que allá están por nuestra existencia dicen que sí, que somos gente, pero ¿qué gente? Una gente sin palabra, sin vergüenza, sin seso, unos tramposos, inconstantes, lunáticos. ¡¡Miren quiénes hablan!!

Vuelto *monsieur* Dutalón de su viaje en que gastó cerca de cuatro meses celestes, nos manifestó el placer de que estaba penetrado de haber corrido todo nuestro orbe lunar.

—*Monsieures*, dijo, en todo el universo no puede darse lugar más cómodo, más ameno ni más delicioso para habitación de vivientes que adoren y alaben al Creador. Yo apuesto que si hubiera discurrido por todas estas regiones cualquiera de los que condenan como absurda la opinión de colocar en la Luna el paraíso de donde fue empujado el buen padre Adán por dar gusto a una mujer (¡ojalá no se hubiera derivado a su posteridad esta fácil condescendencia!) acaso moderara su sentir. ¡Qué maravillas y bellezas de naturaleza que aquí pasan por ordinario y no pueden contemplarse sin estupor y asombro! ¡Qué gobierno tan dulce y acomodado a la temperie de los anctítonas! Ciertamente allá nuestro globo terráqueo, por su constitución, ha menester distinción de clases, en donde la suerte de los que gobiernan es la más infeliz porque si el superior gobierna mal, a todos desagrada; si gobierna bien, a pocos podrá agradar, siendo muy pocos los amantes de la justicia y equidad. En fin, *monsieures*, ya se acerca el tiempo de subir al globo de donde vine y retirarme a mi amada isla flotante a trazar la obra que os dije, de que a otro viaje prometo daros un ejemplar que podréis añadir a vuestros registros o memorias.

El presidente del Ateneo suplicó a *monsieur* Dutalón se sirviera pasar por la península de Yucatán y poner en mano propia del bachiller don Ambrosio de Echeverría, residente en el pueblo de Mama, este escrito que será bien recibido por estar grabado en láminas de plata.

Y *monsieur* Dutalón respondió que todo ejecutaría con buena voluntad y añadió que a otro viaje se venía con el bachiller Echeverría, de quien recibiera órdenes para el globo de la Luna porque quedamos muy obligados.

Y a mí, el presente secretario, mandó el presidente del Ateneo lunar diera fe de todo lo dicho y obrado y lo rubricara de mi nombre, lo que hago hoy 7 del mes *dyaymón* de nuestro año del incendio lunar 7.914.522.

Señor bachiller
Por mandado del presidente del Ateneo lunar
Remeltoín, secretario

POESIAS
LIRICAS.

✦✦✦ ✦✦✦ ○ ✦✦✦ ✦✦✦ ✦✦✦ ✦✦✦ ○ ✦✦✦ ✦✦✦

PRIMERO SUEÑO,
QVE ASSI INTITVLÓ, Y COMPVSO
LA MADRE JVANA INES DE LA CRVZ,
imitando à Gongora.

Piramidal, funesta, de la tierra
　　Nacida sombra, al Cielo encaminaba
De vanos obeliscos punta altiva,
Escalar pretendiendo las Estrellas;
Si bien, sus luzes bellas
Essemptas siempre, siempre rutilantes,
La tenebrosa guerra,
Que con negros vapores le intimaba
La pavorosa sombra fugitiva,
Burlaban, tan distantes,
Que su atezado ceño,
Al superior convexo aun no llegaba
De el Orbe de la Diosa,
Que tres vezes hermosa
Con tres hermosos rostros ser ostenta:

Que-

Primero Sueño

(Poema trasladado a prosa)

Juana Inés de la Cruz

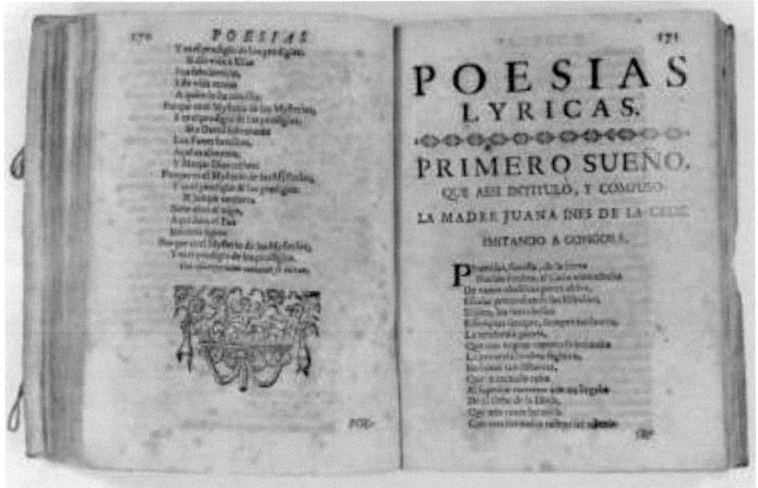

SOR JUANA INES DE LA CRUZ

PRIMERO SUEÑO

PROLOGO Y NOTAS DE NATALICIO GONZALEZ

EDITORIAL GUARANIA. - MEXICO, D. F. - 1951

Piramidal, funesta de la tierra nacida som-bra, al cielo encaminaba de vanos obeliscos punta altiva, escalar pretendiendo las estrellas; si bien sus luces bellas *esemptas*[31] siempre, siempre rutilantes, la tenebrosa guerra que con negros vapores le intimaba la vaporosa sombra fugitiva burlaban tan distantes, que su atezado ceño al superior convexo aún no llegaba del orbe de la diosa que tres veces hermosa con tres hermosos rostros ser ostenta; quedando sólo dueño del aire que empañaba con el aliento denso que exhalaba.

Y en la quietud contenta de impero silencioso, sumisas sólo voces consentía de las nocturnas aves tan oscuras tan graves, que aún el silencio no se interrumpía.

---

[31] Arcaísmo que significa exento.

Con tardo vuelo, y canto, de él oído mal, y aún peor del ánimo admitido, la avergonzada Nictímene[32] acecha de las sagradas puertas los resquicios o de las claraboyas eminentes los huecos más propicios, que capaz a su intento le abren la brecha, y sacrílega llega a los lucientes faroles sacros de perenne llama, que extingue, sino inflama en licor claro la materia crasa consumiendo; que el árbol de Minerva de su fruto, de prensas agravado, congojoso sudó y rindió forzado.

Y aquellas que su casa campo vieron volver, sus telas yerba, a la deidad de Baco inobedientes ya no historias contando diferentes, en forma si afrentosa trans-

---

[32] Nictímene era, según la mitología romana, la hija de Epopeo que yació con su propio padre. Minerva la metamorfoseó en lechuza, ave que está consagrada a la diosa.

formadas segunda forman niebla, ser vistas, aun temiendo en la tiniebla, aves sin pluma aladas: aquellas tres oficiosas, digo, atrevidas hermanas, que el tremendo castigo de desnudas les dio pardas membranas alas, tan mal dispuestas que escarnio son aun de las más funestas: estas con el parlero ministro de Plutón un tiempo, ahora supersticioso indicio agorero, solos la no canora componían capilla pavorosa, máximas negras, longas entonando y pausas, más que voces, esperando a la torpe mensura perezosa de mayor proporción tal vez que el viento con flemático echaba movimiento de tan tardo compás, tan detenido, que en medio se quedó tal vez dormido. Este, pues, triste son intercadente de la asombrosa turba temerosa, menos

a la atención solicitaba que al suelo per-
suadía; antes si, lentamente, si su obtusa
consonancia espaciosa al sosiego inducía y
al reposo los miembros convidaba, el silencio intimando a los vivientes, uno y
otro sellando labio obscuro con indicante
dedo, Harpócrates[33] la noche silenciosa; a
cuyo, aunque no duro, si bien imperioso
precepto, todos fueron obedientes. El
viento sosegado, el can dormido: este ya-
ce, aquél quedo, los átomos no mueve con
el susurro hacer temiendo leve, aunque
poco sacrílego ruido, violador del silencio
sosegado. El mar, no ya alterado, ni aún
la instable mecía cerúlea cuna donde el

---

[33] Harpócrates es la versión griega del dios egipcio Horus niño, a
quien los griegos identificaron como dios del silencio y la discreción.
La imagen icónica de Harpócrates es la de un niño con un dedo sobre
sus labios, un gesto que los griegos interpretaron erróneamente
como una señal de secreto, en lugar del significado original egipcio de
representar al niño Horus succionando (fuente: wikipedia).

sol dormía; y los dormidos siempre mudos peces, en los lechos lamosos de sus obscuros senos cavernosos, mudos eran dos veces.

Y entre ellos la engañosa encantadora Almone[34], a los que antes en peces transformó simples amantes, transformada también vengaba ahora. En los del monte senos escondidos cóncavos de peñascos mal formados, de su esperanza menos defendidos que de su obscuridad asegurados, cuya mansión sombría ser puede noche en la mitad del día, incógnita aún al cierto montaraz pie del cazador experto, depuesta la fiereza de unos, y de otros el temor depuesto, yacía el vulgo bruto, a la naturaleza el de su potestad

---

[34] Almone el nombre que Ovidio da a una náyade (ninfa del agua) anónima en las Meditaciones.

vagando impuesto, universal tributo. Y el rey —que vigilancias afectaba— aun con abiertos ojos no velaba. El de sus mismos perros acosado, monarca en otro tiempo esclarecido, tímido ya venado, con vigilante oído, del sosegado ambiente, al menor perceptible movimiento que los átomos muda, la oreja alterna aguda y el leve rumor siente que aún le altera dormido.

Y en la quietud del nido, que de brozas y lodo instable hamaca formó en la más opaca parte del árbol, duerme recogida la leve turba, descansando el viento del que le corta alado movimiento. De Júpiter el ave generosa (como el fin reina) por no darse entera al descanso, que vicio considera si de preciso pasa, cuidadosa de no incurrir de omisa en el exceso, a un sólo pie librada fía el peso y en otro guarda el cálculo pequeño, despertador reloj del leve sueño, porque si necesario fue admitido no pueda dilatarse continuado, antes interrumpido del regio sea pastoral cuidado. ¡Oh de la majestad pensión gravosa, que aun el menor descuido no perdona! Causa quizá que ha hecho misteriosa, circular denotando la corona en círculo dorado, que el afán es no menos continuado. El sueño todo, en fin, lo poseía: todo. En fin, el silencio lo ocupaba. Aún el ladrón dormía: aún el amante no se desvelaba: el conticinio casi ya pasando iba y la sombra dimidiaba, cuando de las diurnas tareas fatigados y no sólo oprimidos del afán ponderosos del corporal trabajo, más cansados del deleite también;

que también cansa objeto continuado a los sentidos aun siendo deleitoso; que la naturaleza siempre alterna ya una, ya otra balanza, distribuyendo varios ejercicios, ya al ocio, ya al trabajo destinados, en el fiel infiel con que gobierna la aparatosa máquina del mundo. Así pues, del profundo sueño dulce los miembros ocupados, quedaron los sentidos del que ejercicio tiene ordinario trabajo, en fin, pero trabajo amado —si hay amable trabajo— si privados no, al menos suspendidos.

Y cediendo al retrato del contrario de la vida que lentamente armado cobarde embiste y vence perezoso con armas soñolientas, desde el cayado humilde al cetro altivo sin que haya distintivo que el sayal de la púrpura discierna; pues su nivel, en todo poderoso, gradúa por esemptas a ningunas personas, desde la de a quien tres forman coronas soberana tiara hasta la que pajiza vive choza; desde la que el Danubio undoso dora, a la que junco humilde, humilde mora; y con siempre igual vara (como, en efecto, imagen poderosa de la muerte) Morfeo el sayal mide igual con el brocado. El alma, pues, suspensa del exterior gobierno en que ocupada en material empleo, o bien o mal da el día por gastado, solamente dispensa, remota, si del todo separada no, a los de muerte temporal opresos, lánguidos miembros, sosegados huesos, los gajes del calor vegetativo, el cuerpo siendo, en sosegada calma, un cadáver con alma, muerto a la vida y a la muerte vivo, de lo segundo dando tardas señas el de reloj humano vital volante que, sino con mano, con arterial concierto, unas pequeñas muestras, pulsando, manifiesta lento de su bien regulado movimiento. Este, pues, miembro rey y centro vivo de espíritus vitales, con su asociado respirante fuelle pulmón, que imán del viento es atractivo, que en movimientos nunca desiguales o comprimiendo yo o ya dilatando el musculoso, claro, arcaduz blando, hace que en él resuelle el que le circunscribe fresco ambiente que impele ya caliente y él venga su expulsión haciendo activo pequeños robos al calor nativo, algún tiempo llorados, nunca recuperados, si ahora no sentidos de su dueño, que repetido no hay robo pequeño. Estos, pues, de mayor, como ya digo, excepción, uno y otro fiel testigo, la vida aseguraban, mientras con mudas voces impugnaban la información, callados los sentidos con no replicar sólo defendidos; y la lengua, torpe, enmudecía, con no poder hablar los desmentía; y aquella del calor más competente científica oficina próvida de los miembros despensera, que avara nunca v siempre diligente, ni a la parte prefiere más vecina ni olvida a la remota, y, en ajustado natural cuadrante, las cuantidades nota que a cada cual tocarle considera, del que alambicó quilo el incesante calor en el manjar que medianero piadoso entre él y el húmedo interpuso su inocente substancia, pagando por entero la que ya piedad sea o ya arrogancia, al contrario voraz necio la expuso merecido castigo, aunque se excuse al que en pendencia ajena se introduce. Esta, pues, si no fragua de Vulcano, templada hoguera del calor humano, al cerebro enviaba húmedos, mas tan claros los vapores de los atemperados cuatro humores, que con ellos no sólo empañaba los simulacros que la estimativa dio a la imaginativa, y apuesta por custodia más segura en forma ya más pura entregó a la memoria que, oficiosa, gravó tenaz y guarda cuidadosa sino que daban a la fantasía lugar de que formase imágenes diversas y del modo que en tersa superficie, que de faro cristalino portento, asilo raro fue en distancia longísima se veían, (sin que esta le estorbase) del reino casi de Neptuno todo, las que distantes le surcaban naves. Viéndose claramente, en su azogada luna, el número, el tamaño y la fortuna que en la instable campaña transparente arriesgadas tenían, mientras aguas y vientos dividían sus velas leves y sus quillas graves, así ella, sosegada, iba copiando las imágenes todas de las cosas y el pincel invisible iba formando de mentales, sin luz, siempre vistosos colores.

Las figuras, no sólo ya de todas las criaturas sublunares, más aún también de aquellas que intelectuales claras son estrellas y en el modo posible que concebirse puede lo invisible, en sí mañosa las representaba y al alma las mostraba. La cual, en tanto, toda convertida a su inmaterial ser y esencia bella, aquella contemplaba, participada de alto ser centella, que con similitud en sí gozaba.

Y juzgándose casi dividida de aquella que impedida siempre la tiene, corporal cadena que grosera embaraza y torpe impide el vuelo intelectual con que ya mide la cuantidad inmensa de la esfera, ya el curso considera regular con que giran desiguales los cuerpos celestiales; culpa si grave, merecida pena, torcedor del sosiego riguroso de estudio vanamente juicioso; puesta a su parecer, en la eminente cumbre de un monte a quien el mismo Atlante que preside gigante a los demás, enano obedecía, y Olimpo, cuya sosegada frente, nunca de aura agitada consintió ser violada, aun falda suya ser no merecía, pues las nubes que opaca son corona de la más elevada corpulencia del volcán más soberbio que en la tierra gigante erguido intima al cielo guerra, apenas densa zona de su altiva eminencia o a su vasta cintura cíngulo tosco son, que mal ceñido o el viento lo desata sacudido o vecino el calor del sol, lo apura a la región primera de su altura, ínfima parte, digo, dividiendo en tres su continuado cuerpo horrendo, el rápido no pudo, el veloz vuelo del águila —que puntas hace al cielo y el sol bebe los rayos pretendiendo entre sus luces colocar su nido— llegar; bien que esforzando más que nunca el impulso, ya batiendo las dos plumadas velas, ya peinando con las garras el aire, ha pretendido tejiendo de los átomos escalas que su inmunidad rompan sus dos alas.

Las pirámides dos —ostentaciones

de Menfis vano y de la arquitectura último esmero— si ya no pendones fijos, no
tremolantes, cuya altura coronada de bárbaros trofeos, tumba y bandera fue a los
Ptolomeos[35], que al viento, que a las nubes publicaba, si ya también el cielo no
decía de su grande su siempre vencedora
ciudad —ya Cairo ahora— las que, porque
a su copia enmudecía la fama no contaba
gitanas glorias, benéficas proezas, aun en
el viento, aun en el cielo impresas. Estas
que en nivelada simetría su estatura crecía con tal disminución, con arte tanto,
que cuánto más al cielo caminaba a la vista que lince la miraba, entre los vientos se
desaparecía sin permitir mirar la sutil

---

[35] Ptolomeos se refiere a la dinastía ptolemaica, que gobernó Egipto
desde el 323 a.C. hasta el 30 a.C., iniciada por Ptolomeo, uno de los
generales de Alejandro Magno cuando su imperio se disolvió.

punta que al primer orbe finge que se junta hasta que fatigada del espanto, no descendida sino despeñada se hallaba al pie de la espaciosa basa. Tarde o mal recobrada del desvanecimiento, que pena fue no escasa del visual alado atrevimiento, cuyos cuerpos opacos no al sol opuestos, antes avenidos con sus luces, si no confederados con él, como en efecto confiantes, tan del todo bañados de un resplandor eran, que lucidos, nunca de calurosos caminantes al fatigado aliento, a los pies flacos ofrecieron alfombra, aun de pequeña, aun de señal de sombra. Estas que glorias ya sean de gitanas o elaciones profanas, bárbaros hieroglíficos[36] de ciego error, según el griego, ciego también dul-

---

[36] Hieroglífico se traduce como «escritura sagrada» o «talla sagrada».

císimo poeta, si ya por las que escribe aquileyas[37] proezas o marciales, de Ulises, sutilezas, la unión no le recibe de los historiadores o le acepta cuando entre su catálogo le cuente, que gloría más que número le aumente, de cuya dulce serie numerosa fuera más fácil cosa al temido Jonante, el rayo fulminante quitar o la pescada a Alcides clava herrada, que un hemistiquio solo —de los que le dictó propicio Apolo— según de Homero digo, la sentencia. Las pirámides fueron materiales tipos solos, señales exteriores de las que dimensiones interiores especies son del alma intencionales que como sube en piramidal punta al cielo la ambiciosa llama ardiente, así la humana mente su figu-

---

[37] Referido a Aquiles, el héroe griego.

ra trasunta y a la causa primera siempre aspira, céntrico punto donde recta tira la línea, si ya no circunferencia que contiene infinita toda esencia. Estos pues, montes dos artificiales, bien maravillas, bien milagros sean, y aun aquella blasfema altiva torre, de quien hoy dolorosas son señales no en piedras, sino en lenguas desiguales porque voraz el tiempo no]as borre, los idiomas diversos que escasean el sociable trato de las gentes haciendo que parezcan diferentes los que unos hizo la naturaleza, de la lengua por solo la extrañeza; si fueran comparados a la mental pirámide elevada, donde, sin saber cómo colocada el alma se miró, tan atrasados se hallaran que cualquiera graduara su cima por esfera, pues su ambicioso anhelo, haciendo cumbre de su propio vuelo, en lo más eminente la encumbró parte de su propia mente, de sí tan remontada que creía que a otra nueva región de sí salía.

En cuya casi elevación inmensa, gozosa, mas suspensa, suspensa, pero ufana y atónita, aunque ufana la suprema de lo sublunar reina soberana, la vista perspicaz libre de antojos de sus intelectuales y bellos ojos, sin que distancia tema ni de obstáculo opaco se recele, de que interpuesto algún objeto cele, libre tendió por todo lo criado, cuyo inmenso agregado cúmulo *incomprehensible* aunque a la vista quiso manifiesto dar señas de posible, a la *comprehensión* no, que entorpecida con la sobra de objetos y excedida de la grandeza de ellos su potencia, retrocedió cobarde, tanto no del osado presupuesto revocó la intención arrepentida, la vista que intentó descomedida en vano hacer alarde contra objeto que excede en excelencia las líneas visuales, contra el sol, digo, cuerpo luminoso, cuyos rayos castigo son fogoso, de fuerzas desiguales despreciando, castigan rayo a rayo el confiado antes atrevido y ya llorado ensayo, necia experiencia que costosa tanto fue que Ícaro ya su propio llanto lo anegó enternecido como el entendimiento aquí vencido, no menos de la inmensa muchedumbre de tanta maquinosa pesadumbre de diversas especies conglobado esférico compuesto, que de las cualidades de cada cual cedió tan asombrado que, entre la copia puesto, pobre con ella en las neutralidades de un mar de asombros, la elección confusa equívoco las ondas zozobraba.

Y por mirarlo todo; nada veía, ni discernir podía, bota la facultad intelectiva en tanta, tan difusa incomprensible especie que miraba desde el un eje en que librada estriba la máquina voluble de la esfera, el contrapuesto polo, las partes ya no sólo, que al universo todo considera serle *perfeccionantes* a su ornato no más pertenecientes; mas ni aun las que ignorantes; miembros son de su cuerpo dilatado, proporcionadamente competentes.

Mas como al que ha usurpado diuturna obscuridad de los objetos visibles los colores si súbitos le asaltan resplandores, con la sombra de luz queda más ciego: que el exceso contrarios hace efectos

en la torpe potencia, que la lumbre del sol
admitir luego no puede por la falta de
costumbre; y a la tiniebla misma que antes era tenebroso a la vista impedimento,
de los agravios de la luz apela y una vez y
otra con la mano cela de los débiles ojos
deslumbrados los rayos vacilantes, sir-
viendo va piadosa medianera la sombra
de instrumento para que recobrados por
grados se habiliten, porque después cons-
tantes su operación más firme ejerciten.
Recurso natural, innata ciencia que con-
firmada ya de la experiencia, maestro quizá mudo, retórico ejemplar inducir pudo a
uno y otro galeno para que del mortífero
veneno, en bien proporcionadas cantida-
des, escrupulosamente regulando las ocultas nocivas cualidades, ya por sobrado ex-

ceso de cálidas o frías, o ya por ignoradas simpatías o antipatías con que van obrando las causas naturales su progreso, a la admiración dando, suspendida, efecto cierto en causa no sabida, con prolijo desvelo y remirada, empírica atención examinada en la bruta experiencia, por menos peligrosa la confección hicieron provechosa, último afán de la apolínea ciencia de admirable triaca ¡que así del mal el bien tal vez se saca! No de otra suerte el alma que, asombrada de la vista quedó de objeto tanto, la atención recogió, que derramada en diversidad tanta, aun no sabía recobrarse así misma del espanto que portentoso había su discurso clamado, permitiéndole apenas de un concepto confuso el informe embrión que mal formado inor-

dinado caos retrataba de confusas especies que abrazaba, sin orden avenidas, sin
orden separadas que cuanto más se impli-
can combinadas tanto más se disuelven
desunidas de diversidad llenas ciñendo
con violencia lo difuso de objeto tanto a
tan pequeño vaso, aun al más bajo, aun al
menor, escaso.

Las velas, en efecto, recogidas que
fío inadvertidas traidor al mar, al viento
ventilante, buscando desatento al mar fidelidad, constancia al viento mal le hizo
de su grado en la mental orilla dar fondo
destrozado al timón roto, a la quebrada
entena, besando arena a arena de la playa
el bajel astilla o astilla, donde ya recobra-
do el lugar usurpó de la carena, cuerda
refleja, reportado aviso de dictamen remi-

so, que en su operación misma reportado más juzgó conveniente a singular asumpto reducirse, o separadamente una por discurrir las cosas, que viene a ceñirse en las artificiosas dos veces cinco son categorías. Reducción metafísica que enseña los *erites* concibiendo generales en sólo unas mentales fantasías donde de la materia se desdeña el discurso abstraído, ciencia a formar de los universales, reparando advertido, con el arte el defecto de no poder con un intuitivo conocer acto todo lo criado, sino que haciendo escala de en concepto en otro va ascendiendo grado a grado, y el de comprehender orden relativo sigue necesitado de él —del entendimiento limitado vigor— que a sucesivo discurso fía su aprovechamiento, cuyas débiles fuerzas la doctrina, con doctos alimentos va esforzando, y el prolijo, si blando continuo curso de la disciplina, robustos le van alientos infundiendo, con que más animoso el palio glorioso del empeño más arduo altivo aspira los altos escalones ascendiendo en una ya, ya en otra cultivado, facultad, hasta que insensiblemente la honrosa cumbre mira término dulce de su afán pasado, de amarga siembra fruto al gusto grato, que aun a largas fatigas fue barato, y con planta valiente la cima huella de su altiva frente.

De esta serie seguir mi entendimiento el método quería o del ínfimo grado del ser inanimado menos favorecido, sino más desvalido, de la segunda causa productiva pasar a la más noble *hierarquía*[38], que en vegetable aliento primogénito es, aunque grosero, de Temis[39] el primero, que a sus fértiles pechos maternales con virtud atractiva, los dulces apoyó manantiales de humor terrestre, que a su nutrimiento natural es dulcísimo alimento. Y de cuatro adornadas operaciones de contrarias acciones ya atrae, ya segrega diligente lo que no serle juzga conveniente; ya lo superfluo expele y de la copia la substancia más útil hace propia.

Y esta ya investigada forma inculcar más bella de sentido adornada; y aún más que dé sentido de aprehensiva fuerza imaginativa, que justa puede ocasionar quere-

---

[38] Arcaísmo, jerarquía.
[39] Temis es una diosa griega que representa la justicia, la equidad y personifica los acuerdos y tratados

lla cuando afrenta no sea, de la que más
lucida centellea inanimada estrella, bien
que soberbios brille resplandores, que hasta a los astros puede superiores, aun la
menor criatura, aun la más baja, ocasionar envidia, hacer ventaja.

Y de este corporal conocimiento haciendo —bien que escaso— fundamento
el supremo pasar maravilloso compuesto
triplicado de tres acordes líneas ordenado
y de las formas todas inferiores compen-
dio misterioso; bisagra engarzadora de la
que más se eleva entronizada naturaleza
pura y de la que criatura menos noble se
ve más abatida —no de las cinco solas
adornada sensibles facultades— más de
las interiores que tres rectrices son enno-
blecida que para ser señora de las demás,

no en vano la adornó sabia poderosa
mano, fin de sus obras, círculo que cierra
la esfera con la tierra; última perfección
de lo criado y último de su Eterno Autor
agrado; en quien con satisfecha complacencia su inmensa descansó magnificen-
cia: fábrica portentosa que cuanto más
altiva al cielo toca sella el polvo la boca
de quien ser pudo imagen misteriosa la
que Águila Evangélica, sagrada visión en
Patmos vio, que las estrellas midió y el
cielo con iguales huellas; o la estatua
eminente que del metal mostraba más
preciado la rica altiva frente y en el más
desechado material flaco fundamento hacía con que a leve vaivén se deshacía; el
hombre, digo, en fin, mayor portento que
discurre el humano entendimiento, com-

pendio que absoluto parece al ángel, a la planta, al bruto, cuya altiva bajeza toda participó naturaleza. ¿Por qué? Quizá porque más venturosa que todas, encumbrada, a merced de amorosa unión sería. ¡Oh aunque repetida, nunca bastante bien sabida merced!, pues ignorada, en lo poco apreciada parece o en lo mal correspondida.

Estos, pues, grados discurrir quería unas veces, pero otras disentía excesivo juzgando atrevimiento el discurrirlo todo. Quien aún la más pequeña, aún la más fácil parte no entendía de los más manuales efectos naturales; quien de la fuente no alcanzó risueña el ignorado modo con que el curso dirige cristalino deteniendo en ambages su camino, los horrorosos senos de Plutón, las cavernas pavorosas del abismo tremendo, las campañas hermosas, los Elíseos amenos, tálamo ya de su triforme esposa, clara pesquisidora registrando, útil curiosidad aunque prolija, que de su no cobrada bella hija noticia cierta dio a la rubia diosa, cuando montes y selvas trastornando, cuando prados y bosques inquiriendo, su vida va buscando y del dolor su vida iba perdiendo; quien de la breve flor aun no sabía por qué ebúrnea figura circunscribe su frágil hermosura; mixtos por qué colores confundiendo la grana en los árboles fragante le son gala; ámbares por qué exhala y el leve, si más bello ropaje al viento explica que en una y otra fresca multiplica hija, formando pompa escarolada de dorados perfiles cairelada, que roto del capillo el blanco sello de dulce herida de la cipria diosa los despojos ostenta jactanciosa, si ya el que la colara, candor al alba, púrpura al aurora, .no le usurpo y, mezclado, purpúreo es campo, risicler[40] nevado, tornasol que concita los que del prado aplausos solicita, preceptor quizá vano, si no ejemplo profano de industria femenil que el más activo veneno hace dos veces ser nocivo en el velo aparente de la que finge tez resplandeciente; pues si a un objeto sólo, repetía tímido el pensamiento, huye el conocimiento y cobarde el discurso se desvía, si a especie segregada como de las demás independiente, como sin relación considerada, da las espaldas el entendi-

---

[40] Dicho de un color rosa claro y suave, semejante al de la aurora. Usado más como sustantivo masculino.

miento y asombrado el discurso se espeluza del difícil certamen que rehúsa acometer valiente porque teme cobarde *comprehenderlo* o mal o nunca o tarde.

¿Cómo en tan espantosa máquina inmensa discurrir pudiera, cuyo terrible incomportable peso si ya en su centro mismo no estribara, de Atlante a las espaldas agobiara, de Alcides a las fuerzas excediera; y el que fue da la esfera bastante contrapeso, pesada manos, menos poderosa su máquina juzgara que la empresa de investigar a la naturaleza? Otras, más esforzado, demasiada acusaba cobardía, el laudo antes ceder que en la lid dura haber siquiera entrado, y al ejemplar osado del claro joven la atención volvía —auriga altivo del ardiente carro— y el,

si infeliz, bizarro alto impulso al espíritu
encendía donde el ánimo halla, más que el
temor ejemplos de escarmiento, abiertas
sendas al atrevimiento que una ya ves tri-
lladas no hay castigo que intento baste a
renovar segundo; segunda ambición, digo,
ni el panteón profundo cerúlea tumba a
su infeliz ceniza, ni el vengativo rayo fulminante mueve por más que avisa al ánimo arrogante que el vivir despreciando
determina su nombre eternizar en su ruina; tipo es antes modelo ejemplar perni-
cioso que alas engendra a repetido vuelo
del ánima ambicioso, que del mismo terror haciendo halago que el valor lisonjea,
las glorías deletrea entre los caracteres
del estrago. O el castigo jamás se publica-
ra, porque nunca, el delito se intentara,

político silencioso antes rompiera los autos del proceso circunspecto estadista, o
en fingida ignorancia simulara, o con se-
creta pena castigara el insolente exceso,
sin que a popular vista el ejemplar nocivo
propusiera; que del mayor delito la malicia peligra en la noticia contagio dilatado
trascendiendo, que singular culpa sólo
siendo, dejara más remota a lo ignorado
su ejecución, que no a lo escarmentado.

Mas mientras entre escollos zozobraba, confusa la elección, sirtes tocando
de imposibles en cuantos intentaba rumbos seguir, no hallando materia en que
cebarse el calor ya, pues su templada llama (llama al fin, aunque más templada
sea) que si su activa emplea operación,
consume, si no inflama sin poder excusar-

se había lentamente el manjar transfor-
mado propia substancia de la ajena ha-
cienda; y el que hervor resultaba bullicio-
so de la unión entre el húmedo y ardiente
en el maravilloso natural vaso había ya
cesado (faltando el medio) y consiguien-
temente los que de él ascendiendo soporí-
feros, húmedos vapores, el trono racional
embarazaban desde donde a los miembros
derramaban dulce entorpecimiento a los
suaves ardores del calor consumidos, las
cadenas del sueño desataban.

Y la falta sintiendo de alimento los
miembros extenuados del descanso cansados, ni del todo despiertos ni dormidos,
muestras de apetecer el movimiento con
tardos esperezos ya daban, extendiendo
los nervios, poco a poco, entumecidos, y

los cansados huesos, aun sin entero arbitrio de su dueño volviendo al otro lado, a
cobrar empezaron los sentidos dulcemente
impedidos del natural beleño su operación
los ojos entreabriendo.

Y del cerebro ya desocupado los fan-
tasmas huyeron y como de vapor leve
formado en fácil humo, en viento conver-
tido, su forma resolvieron. Así, linterna
mágica, pintadas representa Fingidas en
la blanca pared varias figuras de la sombra no menos ayudaba que de la luz que
en trémulos reflejos los competentes lejos
guardando de la docta perspectiva en sus
ciertas mensuras, de varias experiencias
aprobadas la sombra fugitiva, que en el
mismo esplendor se desvanece, cuerpo
finge formado de todas dimensiones ador-

nado cuando a un ser superficie no merece. En tanto el padre de la luz ardiente de acercarse al oriente ya el término prefijo conocía y al antípoda opuesto despedía con trasmontantes rayos que de su luz en trémulos desmayos en el punto hace mismo su occidente, que nuestro oriente ilustra luminoso. Pero de venus antes el hermoso apacible lucero rompió el albor primero y del viejo Titón[41] la bella esposa, amazona de luces mil vestida, contra la noche armada, hermosa si atrevida, valiente aunque llorosa su frente mostró hermosa de matutinas luces coronada, aunque tierno preludio, ya animoso del planeta fogoso, que venía las tropas reclutando de bisoñas vislumbres, las más ro-

---

[41] Titono o Titón, en la mitología griega, fue uno de los amantes de Eos, la Aurora, con quien ocupaba lecho cada noche.

bustas, veteranas, lumbres para la reta-
guardia reservando contra la que tirana
usurpadora del imperio del día, negro lau-
rel de sombras mil ceñía y con nocturno
cetro pavoroso las sombras gobernaba, de
quien aún ella misma se espantaba.

Pero apenas la bella precursora sig-
nífera del sol, el luminoso en el oriente
tremoló estandarte, tocando alarma todos
los suaves si bélicos clarines de las aves,
diestros —aunque sin arte— trompetas
sonorosos, cuando, como tirano al fin, cobarde de recelos medrosos embarazada,
bien que hacer alarde intentó de sus fuerzas, oponiendo de su funesta capa los re-
paros, breves en ella, de los tajos claros
heridas recibiendo, bien que mal satisfecho su denuedo, pretexto mal formado

fue del miedo, su débil resistencia cono-
ciendo, a la fuga ya casi cometiendo más
que a la fuerza, el medio de salvarse, ron-
ca tocó bocina a recoger los negros escua-
drones para poder en orden retirarse,
cuando de más vecina plenitud de reflejos
fue asaltada, que la punta rayó más encumbrada de los del mundo erguidos to-
rreones.

Llegó en efecto el sol cerrando el gi-
ro que esculpió de oro sobre azul zafiro
de mil multiplicados mil veces puntos,
flujos mil dorados, líneas, digo, de la luz
clara salían de su circunferencia luminosa,
pautando al cielo la cerúlea plana y a la
que antes funesta fue tirana de su imperio, atrapadas embestían que sin concierto
huyendo presurosa en sus mismos horro-

res tropezando su sombra iba pisando y llegar al ocaso pretendía con él sin orden ya, desbaratado ejército de sombras, acosado de la luz de la luz que el alcance le seguía.

Consiguió al fin, la vista del ocaso el fugitivo paso y en su mismo despeño recobrada esforzando el aliento de la ruina, en la mitad del globo que ha dejado el sol desamparado, segunda vez rebelde determina mirarse coronada, mientras nuestro hemisferio la dorada ilustraba del sol madeja hermosa, que con luz juiciosa de orden distributivo, repartiendo a las cosas visibles sus colores iba restituyendo entera a los sentidos exteriores su operación, quedando a la luz más cierta el mundo iluminado, y yo despierta.

José Mariano de Iturriaga

LA CALIFORNIADA

LA CALIFORNIADA

(Poema trasladado a prosa)

José Mariano de Iturriaga

Al cumplirse el segundo centenario de la
Compañía de Jesús, este poema presenta las
más insignes hazañas de los héroes que durante
este tiempo brillaron. Lo dedico al esforzado
capitán y soldado padre Juan Maria Salvatierra,
que gloriosamente libertó la isla de California
de los ritos bárbaros.

Introducción

Canto al Jesuita que, arrebatado a la Mansión del Tonante, salió victorioso del enemigo estigio, habiendo sometido a los naturales de California al imperio del Numen. ¡Extraordinaria hazaña que no puede dejarse en las sombras! Y que sin embargo supera los esfuerzos del humano lenguaje, si el estro divino no presta inspiración a mi ingenio.

Invocación

Ea, pues, Gran Dios, a la vez Generador v Engendrado, y Tú, Amor que del amor de ambos dimanas, préstame dulces

99

versos y dirige mi plectro, mientras voy tejiendo las más grandes gestas del héroe que honra los Pendones de Jesús en su siglo segundo. También tú, Belipotente Virgen, parte principal de esta celebración, que con tus pies domaste el soberbio cuello del Dragón que trataba de violar tu hermosura divina, socórreme y dame a beber las aguas corrientes de Aganipe. Siendo Tú mi guía seguiré fielmente los inmensos peligros de mar y de tierra, y en orden mostraré los variados azares.

Meditación de Salvatierra

Apenas la Aurora, *arrojanado* las silentes tinieblas de la noche, enrojecía con su azafranada lámpara, las mexicanas colinas, cuando Salvatierra, postrado ante el altar, meditando los impíos sacrilegios del hombre, sintió arder su pecho por llamas insólitas.

Y así como fluye la licuada cera puesta en hornos igníferos, y así como la escarcha del amanecer corre en hilillos tibios bajo un sol de estío, no de otra manera ardía él quemado por antorchas de amor celestial. El fuego le llenaba su entraña más honda.

Y para templar el demasiado fuego quemante de su alma, sus ardientes ojos lloraron lágrimas salobres.

Y uniendo la oración al llanto, pide más vehementemente que, aquellos a quienes tiene engañados con su astucia el Demonio perverso, merezcan ya aumentar el número de piadosos cristianos. A media hora de estar orando, su espíritu, libre de la pesada carga de la carne, ligero comienza a revolotear por el aire. Deja atrás las ciudades que se levantan en excelsas torres, deja las montañas y las cumbres más cercanas al cielo. Bajo sus pies se encuentran los rayos de Tau-mante[42] y de Euro[43], la órbita solar, las constelaciones y la celeste bóveda. Y al contemplar los altos palacios de los Celestes, alegre, su naciente gozo prorrumpe en estas palabras: "¡Salve, casa digna de los Excelsos; salve región de luz la más escogida, suma de todos mis deseos! ¡Qué agradable brisa se respira en tus valles!, mientras me refres-

---

[42]Taumante, que significa «maravilla» o «milagro», es una deidad marina primordial de la mitología griega, hijo de la Tierra, Gea, y el Mar, Ponto.
[43] Euro es el dios griego del viento del este, considerado funesto porque traía calor y lluvia.

ca los crueles ardores del corazón, infunde en mis angustias suavidad y dulzura.

Un Ángel le impide la entrada al cielo

La bóveda del cielo con su rotación, pone alas en los pies del que así habló: y vuela más veloz que el viento. Y sin tardanza, se encuentra como huésped en las murallas de los Celícolas[44]. Apenas llegado, siente un deseo vehemente de penetrar en los recintos sagrados. Y. estando ya para atravesar con el vuelo de su ala ligera los dinteles fulgurantes de los claustros dorados, y cuando ya pisaba las calles tapizadas de zafiros, he aquí que le

---

[44] Celícola significa habitante del cielo.

sale al encuentro un Joven Alado, más hermoso que toda belleza, y detiene al viandante. Sus ojos son astros, sus labios rojos corales, oriental púrpura sus mejillas, su frente nieve y gracia su rostro. Oro rubio ciñe regiamente sus sienes; una ensortijada cabellera adorna su cabeza y un collar de esmeraldas su cuello. Cubre sus hombros leve vestidura elaborada con arte frigio; ropaje talar de joyas acaricia su nívea pierna; calzan sus pies rutilantes sandalias; reviste sus ebúrneos brazos de fortaleza divina. Por todos lados su cuerpo despide perfumado amomo. El jesuita, herido por la imagen de tanta belleza, atónito detiene los pasos de su pie diligente, y estupefacta en el helado paladar su lengua titubea.

Después, al reponerse de la impresión, vuelve el habla a sus labios rígidos por el terror. Y con esta amarga queja, da salida al dolor de su corazón: la divina y eterna belleza del Rostro Sagrado, "Oh Joven, hermosa imagen del que gobierna el cielo, en cuya mirada se refleja sin sombra no detengas cruelmente al que desea con ardor contemplar los etéreos palacios. ¿De qué sirve subir a las regiones excelsas, si me obligas a retener mis pasos en la primera puerta? Tú, que siendo conocedor de estos lugares, deberías guiar al ignorante, ¿por qué, contrariamente, tratas de detenerme y mostrarme de los Bienaventurados el arcano palacio?

Ay, te lo ruego, Príncipe de la milicia Angélica; piénsalo mejor: que los ruegos de este miserable ablanden los corazones celestiales. ¡Les es permitido a los Excelsos ser benignos!" Y el Alado responde: "mortal, deja de suplicar. Los altos mandatos de Dios prohíben conceder lo que deseas, sin que antes vayas a visitar otras tierras; yo te mostraré el camino, y te haré más soportables los acontecimientos futuros. Pero no debes quejarte de haber en vano llegado a estos lugares. No lejos de aquí hay un huerto cultivado por mano divina; en él manan unas aguas, que aquel que merece beberlas, al instante hierve en un inmenso amor por el Numen. Cuando llegues ahí, aumenta con esa agua las llamas de tu corazón.

Bebe Salvatierra

Así habló. Y al mismo paso ambos comenzaron a caminar. Era primavera. Y el año hermoso levantaba su cabeza coronada de flores en el campo plácido. Los zéfiros serenos jugaban en los tiernos follajes. En medio un riachuelo purísimo, serpenteando por los prados verdes, derramaba sus líquidos cristales al campo, y mezclaba gratos murmullos en su curso tranquilo. Cuando llegaron a ese lugar, Salvatierra sació en la fuente su terrible sed. y siente avanzar por sus entrañas al dios Vulcano acrecentado por las fluviales linfas, así como cuando un horno enciende sus rescoldos con esencias crasas y el aceite hirviente crepita terriblemente con pingüe aspersión y lanza enormes llamas.

Cuando el Alado contempló al Jesuita arrojar llamas por el pecho, fiel a la orden del Gran Padre, le advierte que es hora de retirarse inmediatamente de aquel huerto abundoso en aguas. El accede. Y ambos en vertiginoso vuelo llegan a un lugar por diverso dolor, digno de compasión.

Existió una gran isla por mucho tiempo ignorada, situada en el cálido trópico de Cáncer, llamada California por el constante fulgor de Titán que la calcina. Por todos lados está ceñida de cordilleras y a la vez de horrendos abismos, a los que no se les ve fondo sólido; de la exigua humedad del cielo caen gotas que, al momento, precipítanse por las altas vertientes, y azotándose contra sólidas rocas, van a dar al mar. Esto da más fuerza al calor que no puede aplacar la tenue humedad de las fuentes. Por su situación, los miserables campos apenas permiten a los colonos saciar con agrestes alimentos sus agotados miembros. Ahí no hay cultivos de Ceres[45], ni en las ardidas selvas brilla la gracia de Cloris[46]. ¡Todo está erizado de zarzas! ¡Hasta tal punto la tierra se niega a prestar servicio para cosas torpes!

Mientras contemplan todo esto, Salvatierra interroga al Alado sobre la raza, las costumbres y las leyes del lugar. Él

---

[45] Ceres era la diosa de la agricultura, las mieses, la tierra y especialmente relacionada con los alimentos.
[46] En la mitología, Cloris (conocida como Flora en la mitología romana) era una ninfa que se casó con el dios del viento del oeste, Céfiro, y fue transformada en diosa.

acepta sin tardanza y con voz calmada responde: "Aunque tu importante pregunta pida recordar los principios de todo esto, atiéndeme. Aquí en otro tiempo, el tirano del Flegetón[47] estableció sus cárceles crueles, y residiendo en una roca excavada, cubierta de densa humareda y despidiendo vapor de azufre, y crepitando en tomo negras cenizas, desde allí obligaba a los indóciles a vivir como bestias. Toda clase de bárbaros se precipitaban masivamente en este antro, impulsados por el triste furor de Tisifón[48], unos a pedirle el poder superar a sus enemigos con dolo,

---

[47] Flegetón o Flegetonte es uno de los cinco ríos del inframundo en la mitología griega, conocido como el río de fuego debido a su corriente de lava ardiente.

[48] Tisifón o Tisífone era, dentro de la mitología griega, una de las tres Erinias o Furias, hermana de Alecto y Megera, y como espíritu de la venganza, era la encargada de castigar los delitos por asesinato.

otros el salir victoriosos en la guerra, otros el poder saciar los fuegos lascivos de Venus, y todo lo que la locura perversa inspira a la mente. Llenan con sacrílego incienso abominables altares, para que las respuestas del Monstruo no sean contrarias a sus deseos".

Y el Padre del Crimen, retorciendo sus llameantes ojos y lanzando del pecho voces como truenos, les manifiesta que los más gratos a él y sus más fieles amigos son aquellos que quieren despreciar de la Piedad más horrendamente las leyes. En los demás sacia con tormentos su ira rabiosa.

Salvatierra pide piedad

Salvatierra escuchaba llorando al que tales cosas decía, y da salida a los reprimidos gemidos de su corazón, impidiendo con sus sollozos las palabras del Alado: "Ay de mí, decía, ¡quién podrá socorrer a esta miserable gente! Ay, Dios; ay, Excelsos; ay, tierna Madre del Amor. Si tenéis piedad de vuestra raza, volved vuestros ojos y vuestro corazón benigno a estos pecadores".

Estas eran sus quejas mientras daba rienda suelta a sus lágrimas. "¿De qué sirve, le contesta el Alado, redoblar estas quejas incompletas? Todavía te falta contemplar lo peor. Toma ánimo, y pisa en mis huellas".

Él obedece, oprimido por nuevos temores, pues presentía fatales desgracias.

Visión infernal

Penetran en un bosque cerrado, que, rodeado por todos lados de frondosos árboles, dilata del abismo las fauces abruptas, el que día y noche ruge entre llamas voraces y arroja hacia el cielo enfurecidos carbones. También vomita en torno espumas en torbellino vasto y desde lejos, con estrépito, hace vibrar centellas de fuego e hincha los vientos de oscuridad.

El león con su rugido aquí todo lo llena, y los osos con sus aullidos fúnebres; se agitan con movimiento las ruedas y las curvas hachas: fieros monstruos que desgarran a los hombres de mil maneras. Por todos lados resuenan los gritos, suspiros, llantos, gemidos, quejas y palabras injuriosas para los celestes.

En estos negrísimos reinos del Barquero Caronte, corre un río, cuya fúnebre cuna está en California. Este río innavegable, entre pez y olas de azufre, arrastra las almas y los cuerpos de muchos malvados (así como Galatea[49] conduce su rebaño escamoso en los campos del mar y rodea por abajo y por encima de agua, de tal manera que no queda resquicio en el mar para la huida).

---

[49] Galatea es una nereida mada por el cíclope Polifemo, al que rechaza en favor cíclope en favor de Acis, un pastor siciliano, al que el cíclope, arrebatado por los celos, lo mató aplastándolo con una enorme piedra. Desesperada por el dolor, Galatea transformó la sangre de su amante en el río Acis (en Sicilia).

Desfallecimiento de Salvatierra

Ante tales visiones, el piadoso varón cae en tierra. Empalidece su rostro y el frío se desparrama en sus miembros; el respiro se le va lentamente; sus ojos tristes se detienen en sus órbitas: ningún signo de vida se manifiesta en su cuerpo. El Alado, ante todo, trata de dar vigor a los inertes miembros y prestar ayuda a su seguidor semimuerto, hasta que se da cuenta que vuelve en sí con su vigor antiguo.

Entonces le habla así y sosiega a su compañero con estas palabras: "¿Qué pensamiento, seguidor amado, qué tristeza las entrañas te abrazan? ¿Qué pudo producir tal desvanecimiento? Si todavía tienes en tu corazón el antiguo pavor, olvida el pasado, serena tu rostro. Bastante se ha dado a las penas y al llanto! Es bueno volver al cielo en donde están de par en par abiertas las puertas para los que oran.

Allí será justo que renueves tus preces, y que manifiestes las causas de tu dolor, para que las Divinidades Celestes se muestren a tus deseos favorables". Al decir esto, vuelven la espalda a esa oscura región rápidamente.

Vuelta al cielo

Y más veloces que el viento y más rápidos que las alas del rayo, se dirigen por el sendero cristalino hacia las moradas del cielo, como un río que agitado rebrama y desdeña las prisiones, cuando una esclusa le retarda la suave corriente, hasta que rebasando los diques inunda los campos, y venciendo las rocas que lo demoraban, finalmente, impetuoso, se sepulta en el vientre marino.

Una vez llegados al vestíbulo, quitados los cerrojos y abiertas las puertas cubiertas de piedras preciosas, entonces exultan con clamorío los ejércitos celestiales y desde los más altos tronos del firmamento responden los astros, rasgueando las cuerdas, para celebrar al que vuelve. Y entre la corte de los excelsos, con el aplauso de todos, se encamina a los luminosos umbrales del Numen.

Descripción del cielo

No lejos, aparece esplendoroso el palacio, que está sobre todos los demás, en excelsa cima. Se levantan hacia el cielo sus puertas de voluminoso diamante; los patios están rodeados de cien columnas de ónix; son joyas los techos, las paredes, el piso, los artesonados, los batientes: habitación digna del Señor, imposible de ser imitada. Ante tal vista queda estupefacto el varón.

Y una vez que hubo adorado al Rey de los Celestiales con merecido honor, recuerda los dolores antes padecidos: le viene a la memoria la isla atormentada por la inmisericorde tiranía de la turba infernal; la barbarie de aquella gente no instruida por algún mensajero de la Promesa Divina; los feroces monstruos de la Laguna Estigia[50].

Y como ágil nave que rompe embravecidas olas, después de que la tempestad calmó sus primitivas iras, y extiende sus velas hinchadas por favorables vientos, así Salvatierra, recordando sus pasadas penas amargas, soplando el Espíritu de Dios, da sus velas al Noto[51], y con estas palabras abre su boca:

---

[50] La laguna Estigia es un río del inframundo en la mitología griega, que también aparece en la obra de Dante Alighieri, la *Divina Comedia*, como el quinto círculo del infierno.
[51] Noto es el dios griego del viento del sur, conocido por su calor y humedad, y por traer tormentas de finales de verano y otoño.

Petición de Salvatierra

"Supremo Rey de los hombres, soberano gozo de los Celestes, que llenas de gracia a los miserables con generosa mano, te pido que te dignes añadir a tan grandes dones uno, que tu piedad y tu rica opulencia me fuerzan a pedir confiado y a no temer ninguna repulsa. Recorriendo por tu mandato las playas de California, vi llorar a los pueblos bajo el infernal enemigo, y tu divinidad desterrada de tus propios reinos. ¿Y Tú disimulas, y no reprimes tanta audacia? ¡Oh Padre! ¿Tú mano cederá al estigio furor? ¿O se jactará mucho más con su victoria el vencedor Averno? ¿Acaso te abandonó tu insuperable poder? Pero ¿quién podrá echar por tierra la fuerza divina? ¡Anda! ¡Arroja al ladrón de sus sedes furtivas; tu honor lo urge y la injusticia de tu culto prohibido! Si un pueblo enciende tan grandes iras con sus crímenes, arroja todos los rayos que forjas en el astrífero cielo, azota a esta raza vil, de terror llena el orbe. Sin embargo, tu clemencia te detiene a que no hagas tal cosa, y una mano extendida en favor de los pecadores te invoca. ¿La vas a despreciar? ¿Ni siquiera te moverán sus deseos? ¿Podrá más el crimen que la piedad? ¿Más el Demonio que el Numen? Alejaos, vanos pensamientos; alejaos, temores: puesto que todo lo puedes con un acto de tu voluntad, oh Numen admirable, debes vencer en las tierras que son tuyas al Flegetón soberbio y dar alivio a toda esta miserable gente. Que si por todo esto merezco padecer la muerte, no temo los tormentos, ni las cruces, ni los dardos ni el fuego".

El Consejo Divino

Acabó de hablar, y sus súplicas comenzaron a tener favorable respuesta: ¿de qué no son capaces un deseo y una oración sencilla? Entonces el Padre Omnipotente conmovido por estas anhelantes preces, mandó reunir un Consejo y convocar a las Celestes en el templo de los Excelsos, venerable por su abundante culto, cuyas puertas doradas custodia la sabiduría. Al momento una Falange Alada, obedeciendo los mandatos, se dispersa por todos los caminos de la estrellada bóveda con aletear de alas y, entrando en las mansiones rútilas, convoca a las citadas por orden del Numen, para que, rápidamente, concurran. La Reina de los Celícolas, conducida por una cuadriga resplandeciente en topacios y adornada con sólidos diamantes, (cuya popa es áurea, áureo es el timón, áurea la proa y los asientos y el yugo y los rayos, el canto de las ruedas y las mismas ruedas son de oro), es la primera que da rienda suelta a sus bestias que vomitan fuego, y la primera en llegar a los umbrales del templo. Con fasto semejante, acompañada por la Justicia, emprende el camino la Prudencia.

En ese instante se abren los batientes de la sala para todas, y ocupan sus asientos enjoyados. Las exultantes trompetas de dulce canto resonaron fuera, y el Numen Excelso hace su entrada en el templo en su carro radiante, y ocupa, en el centro, su trono sublime. En seguida comienza a hablar, en tanto a su voz se estremece reverentemente todo el Olimpo; y las Celestes de su boca quedan pendientes: "Oh Excelsos, aunque sea cierto que mi poder es supremo, de tal manera que todo lo puedo decidir con un acto de mi voluntad, sin que ninguna otra voluntad pueda oponerse a mis mandatos en el cielo y en la tierra, y por dondequiera que el sol camine, sin embargo, pláceme ahora confiar a vuestro arbitrio el caso de California: una gran responsabilidad se oculta en este encargo y una causa digna de mi señorío vigilante. Con toda seriedad poned todo en la balanza de vuestra razón y, en síntesis, hacedme saber cuál es vuestro modo de pensar".

Toma la palabra la Prudencia

Apenas dicho esto, la Prudencia con los ojos fijos en tierra, (así como el encendido jacinto, en pleno mediodía inclina a tierra su flagrante cuello, y en medio de las pálidas hojas no se atreve a levantar la cabeza para mirar a Febo), comenzó a decir:

"Habiéndome tu amor deparado esta gracia, siguiendo sumisa tu mandamiento,

125

he aquí que hablaré con toda libertad...
Después de ser arrastrada a dar vueltas
en mi desasosegada mente a los destinos
de los hombres y a los testimonios de sus
arduos trabajos, me preguntaba, a veces
con miedo, a veces con duda, ¿Por qué
estos pobres colonos pudieron perpetrar
contra la ley tan gran crimen? ¿La estrella
de la suerte no alumbrará a los que han
cometido tantos crímenes? ¿Acaso porque
la estulta superstición adore con incienso
ídolos y al verdadero Numen no reveren-
cian, será causa de que haya iras jamás
satisfechas? ¿Cómo, pues, si el etrusco, el
romano, el celtíbero y el indio profanaron
los ritos sagrados con semejante crimen,
no padecen el mismo rigor de infausta
suerte? ¿Por qué el árabe, el germano, el

belga, el latino merecieron atropellar sin riesgo de la vieja religión los caminos? ¿Y los californianos serán arrastrados por la ciega razón? ¿Este es el amor de la piedad? ¿Esta es la justísima balanza de los Celestes? ¡Oh Dios, oh Vengador, aplacable de los crímenes humanos! ¿Qué cosa es tu santa fidelidad, el diligente cuidado de los tuyos y el perdón del error tantas veces al pecador prometido? Si la venganza del honor lesionado con torpeza te remuerde, cesa de imponer castigos interminables a esos pueblos; haz que te conozcan, que adoren tu santo nombre. Una voluntad contraria a los Excelsos no puede enfrentar a estos Excelsos: tales atrevimientos los provoca una mente inconsciente. Entonces, ¿por qué has de herir con tu rayo supremo a los ignorantes? Manda sacerdotes que disipen las tinieblas de la mente y enseñen los venerados misterios de tu ley: entonces toda la California, rodilla en tierra, publicará tus merecidos honores y cantará tu alabanza".

Razona la Justicia

Había cerrado sus labios la ingeniosa Prudencia, y no un leve susurro se escuchaba en la augusta aula, cuando la íntegra Astrea[52] se querelló de la siguiente manera: "puesto que agrada conocer nuestro pensamiento ingenuo y evaluar brevemente el lacrimable delito del reino,

---

[52] Astrea es hija de Zeus y Temis.

comenzaré a manifestar mi nombre de Justicia con justo juicio, si Tú, oh Numen, asistes a esta empresa grandiosa. Cuando comencé, llevada por tu mandato, a pesar los horrendos sacrificios de esa miserable gente, la equilibrada balanza —¡admirable de decirse!— inclinada por un gran peso, descendió y pareció condenar a un eterno suplicio a los reos. Al instante, enojada, me pongo inflexible ante tan siniestros azares, a los que los píos derechos de la Justicia impedían menospreciar. Sin saber qué pensar, de turbación se llena mi mente y en vano trato de apartar el hado fatal. Por lo demás, réstame ahora decir que me preparaba a trazar la theta[53] fatal y castigar a los reos, cuando yo,

---

[53] Theta se refiriere a la octava letra del alfabeto griego (Θ), que en la antigua Grecia simbolizaba la muerte ("*thanatos*").

que amenazaba tantos dolores, escucho una voz que me era disparada de lo más alto del monte: ¿Qué haces? No desconfíes de las cosas; no temas, levanta la inclinada balanza. Cuando estas gratas palabras llegaron mis oídos, (como se alegra el reo, a quien el decreto de un tribunal sagrado ha mandado morir pendiente de un .tronco, si, cuando exangüe es obligado a subir a la cumbre fatal del madero, y se le coloca al cuello una cuerda de torcido cáñamo y el verdugo está presto a su lado, llega la noticia de la vida concedida por el príncipe. Él se niega a creer en las palabras del mensajero y se aturde, y gira en la voluble esfera de la fortuna. Primero duda, después lo juzga falso, mientras se da cuenta de que es verdadero lo que está viendo y, permaneciendo por largo tiempo con la mirada fija, aplaude y por el favor da eternas gracias), así yo, solícitamente, consideraba mis temores y no sabía qué fuese lo mejor que podría obrar en tan incierta coyuntura. Estimulada interiormente por un sagrado furor, ¿por qué cejas, oh tímida (exclamo), cuando lo pide la circunstancia? Ea, pues, deja la pereza y sigue el camino de la voz del Tonante[54]: es justo escrutar las causas ocultas. Esto pienso, y el paso dirijo hacia donde las palabras me guiaban. Mirando la alta cima de la áspera colina, veo —cosa admirable de decirse— un tronco nudoso en el que tres cadenas de hierro aprisionaban los sagrados miembros de un varón más hermoso que otro alguno, quien vinculado a los mortales por un amor admirable, re-

---

[54] Que truena. Usado especialmente referido al dios Júpiter.

cibió mil heridas, y teñido todo por rojas rociaduras ocultó los signos de su hermosura divina. Me maravillo de esta visión y nuevamente vuelve a mi corazón el temor que, con rápido paso, adquiere fuerza. Dando vueltas en mi cabeza a un sinnúmero de cosas, pido a los Astros Celestes que aclaren todo y que una visión lo confirme debidamente. Entonces, deseoso de llegar al fondo de mis propios esfuerzos, contemplo que el cadáver mueve la cabeza inclinada, y desde el funesto árbol estalla en estas quejas: '¿Por qué temes, oh Astrea, conceder salvación a estos miserables? Abstente de condenar al culpable género humano: yo mismo demasiado he pagado el precio de las culpas; esta sangre no mana de un cuerpo cualquiera. Dios vestido con el sutil velo de la carne, también redimió de muerte atroz a estos pueblos. Toma algunas gotas de esta Sangre preciosa y carga la otra parte de la balanza, inclinada por el enorme peso de los vicios. La Justicia ayudará fácilmente, y con las blancas piedrecillas dará solución a las dudas. Terminó de hablar. Y yo, muy interesada en el futuro, me empeño en igualar con hechos el consejo de quien ordena. Y tanta fuerza tenía la Sangre Lustral[55] que, con su peso, venció con creces el peso del mal. Canto esto ya muy conocido para Tí, oh Justo Juez: tú miras la balanza y cómo el rocío a los pecadores absuelve. Entonces si tan grande es tu amor de lo recto, si todavía permanece

---

[55] Sangre lustral es un concepto que mezcla la sangre con el significado de purificación y consagración, similar al de agua lustral que se usa en ritos de purificación. Se asocia con el uso de la sangre, a menudo de animales sacrificados, en rituales religiosos para purificar, consagrar y alimentar a las divinidades, como se hacía en la antigüedad.

intacto tu cuidado de Padre, ten compasión de este pueblo y de tu Hijo que padeció mil muertes en el duro madero".

Interviene el Padre

Calló. Y el Padre dirigiéndose a todos los Celestes, con su rostro que serena la tierra, el mar y el cielo, sonrió. Y desde su excelso trono comenzó a hablar así:

"Viene ya el día feliz y el tiempo tan deseado en que, una concordia estable, libre a los Californianos que gimen bajo ese amo cruel, y los una a mí. Alumbrarán las antorchas encendidas para el rito sagrado, y, una vez que el Cacodemonio[56] sea depuesto a la fuerza, arrebatándole

---

[56]Un cacodemonio es un espíritu maligno, un demonio.

sus cercas, se vendrán por tierra las insidias y el engaño y el amor de Venus. Florecerán, por el contrario, la fe sincera, el casto amor y la paz perdurable. Hoy es decretada la suerte para los reos y el terror para el Averno. Y en fin, nada más esto falta a los miserables: ¿Quién llevará el bienhechor anuncio de suerte tan feliz a esas selvas que carecen de su sagrado cultivador? Se te concede tal honor, Hermosísima Virgen; elige a quien juzgues digno de tan grande oficio".

Elección de María

Terminó de hablar y, levantándose de su refulgente trono Aquella que por su hermosura está sobre todos los Excelsos,

135

la Hija de Jesé, lo dicho por el Padre, de esta manera confirma:

"Aunque la Iglesia numerosa abunde en lumbreras, a quienes dignamente se les puede en-comendar esta noble tarea, sin embargo, si me lo permite tu santa voluntad, oh Tonante, hay que conceder esta victoria a la Compañía de Loyola. Sólo la ínclita gloria de tu nombre rige esta multitud de varones, y el dar la cara a rabiosas tormentas y el soportar cuantas amenazas fragua la demente arbitrariedad. Por eso es glorioso el escudo de esta generosa Compañía. Echa una mirada a la extensión de la tierra: ¿Hay alguna región que no esté colmada de sus trabajos? Cuenta las fortalezas vencidas, los triunfos alcanzados y los héroes muertos valerosamente. Los valles blanquean con sus huesos; están rojos con su sangre los campos del etíope, del chino y del feroz bátavo; también los campos de Oriente están saturados de sangre cristiana. Estos, Padre, estos, a quienes has visto tantas veces arrebatar las palmas al Enemigo Terrífico, podrán llevar a cabo tan grandes batallas y, con vigilante piedad, proteger a los pueblos".

La sentencia de Dios

El que con su numen hace girar los astros, con plácida voz responde a esta:

"Hija, deja ya de mostrar tus sentimientos con tantas palabras: mi corazón

137

es del mismo parecer. Hará la guerra el jesuita, humillará al Estigio Tirano, enseñará costumbres y derechos a los hombres".

No dijo más. Entonces el Padre desciende de su dorado solio, y las Celestes, rodeándole, le conducen a las escondidas estancias del cielo.

La Virgen lleva la noticia a Salvatierra

Allí estaba el piadoso Salvatierra, totalmente ajeno a la dulzura de la ambrosía; la Celeste Engendradora, mensajera del favor concedido, lo contempla, e hiriéndolo con sus lumbres le da la señal segura del beneplácito de Dios. Con su

138

boca purpúrea le expone lo decretado en la Asamblea. Apenas bebió los virginales murmullos con ávido oído (no exhala el Vesubio tantos rayos por sus pintadas fauces ni el Etna Trinacrio arroja tantas centellas por su boca que vomita fuego, cuantas llamas nutre en su blando pecho y se quema más vehementemente con su antiguo fuego), hace patente su inmortal acción de gracias a las Vírgenes, a los Celestes y al Magno Tonante.

Se dispone entonces, ya informado, a retirarse del Celestial Palacio y a alcanzar la tierra por el camino estrellado de la noche.

Contrataca el Demonio

Entre tanto, el Demonio, que tiene mil astucias para dañar, no sé por qué arte, habla presentido la guerra que se preparaba; e inmediatamente su corazón envenenado con ponzoña de Gorgonas, se enciende en rabia, y él, errando frenético por toda la ciudad de México, agitado por el espíritu de las Furias, brama impaciente y con infernal aullido aterra las calles, las casas y los pueblos en torno. Finalmente, en rápido curso, apoderándose de una explanada lejana, exhala con voz potente sus concebidos furores:

"¿A dónde se ha marchado mi sumo poder de las tinieblas? ¿Acaso yo mismo, que pude superar a príncipes fuertes, domar a insignes capitanes, destruir reinos, y como Señor, dominar toda la tierra en otro tiempo, seré ludibrio constante de la Estirpe Jesuítica? ¡Ay, vergüenza infamante! Trataré de borrar la mancha, .el deshonor vergonzoso, en la parte que pueda; llenaré de odio los corazones y sacudiré lo más profundo del Aqueronte[57]: mi gran poder todo lo intentará. ¡Oh raza aborrecida, númenes jesuíticos, enemigos de nuestros deseos! ¿Andaré errante por todas partes? Sólo nos quedaba como único reducto la tierra de California, hasta ahora no azotada por ningunos asaltos de ellos. Mas ya se apresuran, diligentes, a conquistarla y a ponerla bajo el extenso cetro de Cristo: si los hados siniestros me

---

[57] Río de Grecia.

hacen carecer de suerte, ¿qué lugar en adelante podrá cobijarme? Si trato de llegar a las murallas de Inglaterra, vigila sus puertas Holbech que, inscrito bajo los mismos lábaros[58], llegó a esas tierras disfrazado de obrero; ya puso aquí Grozio, en estos vastos campos, sus tiendas seguras, y están presentes, como compañeros en el sagrado combate, Fischer, despojado de su propio nombre, y Fitzimon: todos me atacan con más crueldad que ningún otro enemigo. Vigilantes, desean arrancar del corazón del pueblo lo que antes era para ellos norma de conducta, y así han traído a sus caminos, como gran botín, al britano. El Sena, el Danubio, el Tíber, el Tajo, el Elba y el Hídaspes me niegan hos-

[58] Estandarte militar que usaban los emperadores romanos.

pedaje: sus huestes rodean sus verdes riberas, y al unísono con el rápido murmullo de las aguas, y con ellas me arrojan, prófugo, de mi antigua tierra. Méndez, Acuña, Ricardo a quienes se suman Welserio y Valle, Y Kanouskio arroja sus diestras lanzas en sus escritos. ¿Para qué te cuento los pormenores? Penetran los montes y los lagos y las planicies: la grandiosa mole del universo es insuficiente para ellos. ¡Oh Rey de las sombras! Pon en juego ahora todos tus poderes; llama para este terrible combate a tus terríficos hermanos; trata en fin de reprimir su audaz orgullo".

Oposición del Virrey

Mientras el dragón rumia estas cosas en su corazón viperino, se encaminaba Salvatierra a la excelsa fortaleza del Virrey, con el fin de pedirle permiso de embarcarse y de someter las feroces cervices con el yugo de Jesús. Se admira el Príncipe de tan desmesurado intento y rechaza tres y cuatro veces, los deseos ardientes del varón, de la siguiente manera:

"¿Qué falsa confianza de vuestra suerte os poseyó, Padres, para que creyerais que los lauros que el esclarecido rey Carlos deseó para sus iberos soldados y no pudo ceñir, y que no pudieron conseguir ni capitanes, ni condes, ni poderosos caballeros ágiles en el mar y valientes y osados con las flechas, que intentaron la conquista por caminos dignos de admiración, esos mismos lauros creáis que al fin han de ceder a vuestras manos? ¡Es una locura! Prestar a vosotros oídos benignos, sería sacrificar vuestra cabeza a la al jaba enemiga".

Del mismo modo condenan el proyecto, añadiendo además injurias, los próceres, la espléndida asamblea de los togados, un gran número de nobles y el vulgo innoble igualmente, a quienes mueve el solo viento de adular al rey. ¡Así resiste lo humano a los Excelsos y lo profano a lo sagrado!

Visión del Virrey

Muchas veces el incendiado Febo había uncido los caballos a su carro, y sin embargo los corazones no cejaban en su antiguo sentir. Pero he aquí que, mientras el cuerpo se entrega al apacible descanso, la luminosa imagen del Numen, resplandeciente de rayos, ceñida de rútila corona, grave en su majestad, con rostro terrible, blandiendo en la mano una lanza y amenazando tristes castigos, se aparece en sueños al virrey.

"¿Por qué, le dice, tardas tanto en conceder a la Compañía de Jesús el permiso tan frecuentemente pedido? ¿A qué viene el exaltar los fallidos intentos? ¿A qué la inútil fortaleza de los reyes? ¿Y las armadas proas a través de los mares salados? La palma no tiene necesidad de eso; para vencer al demonio no se requieren ni dardos arrojadizos ni oro. Solamente lo puede la virtud. Por lo tanto; a la primera luz del sol refulgente, manda llamar a los Jesuitas, y cuidado con no conceder lo que desean".

Se puso a temblar y deseó la luz del día.

Cumplimiento del mandato

Teñíanse ya de rojo los tejados con los rayos del sol, cuando el virrey, con ardiente amor, se apresura a expulsar el temor que por la noche había oprimido su

147

corazón. Y apegándose a la orden, cumple el mandato del Numen. Envía apresuradamente a nuestra casa un mensajero, que llamó por tres veces en las calladas puertas.

El portero, al estrépito, amplificado por la bóveda circular, cuando aún la luz no acababa de arrojar las sombras nocturnas, viene rápido, abre las puertas, y quedan a la vista los anchos patios. Vuela a la celda del Padre para comunicarle el mandato superior y le insta a que inmediatamente vaya al Palacio. Se alegra el jesuita, y pedido como de costumbre el permiso, llega a los reales techos y es recibido en trono ebúrneo. Estaba allí presente el virrey, quien dando su mano en señal de amistad, oculta las nocturnas preocupaciones y serena su rostro. Y así comienza a hablar:

"La causa de haberos llamado tan temprano, oh Padres, es el haber consentido a vuestros deseos. Ahora se os da poder para recorrer las tan deseadas playas y llegar por todas partes a los indios infieles: así lo quieren los Excelsos y dirigirán el timón a través de los mares y os llevarán incólumes a puerto seguro. Marchad y perseverad en lo que habéis comenzado felizmente. Si alguna ayuda puedo aportar para la empresa, no faltaré a mis obligaciones, mientras el alma anime mi cuerpo".

Al terminar de hablar, colgó al cuello del varón un don real. Salvatierra cansado de tanto esperar, y teniendo el camino libre de obstáculos, reflejó en su rostro vivos signos de alegría. De igual manera salta de gozo un sencillo pájaro que canta sobre el árbol verde, al que atrevidos muchachos, llevados por el deseo de diversión, con insidias apresan y atan con lazos, y que trata de cortar el aire con alas ligeras, *y* muerde las redecillas con su curvo pico, impaciente del lazo hasta que habiéndolo roto, abre sus alas y elevándose con vuelo fugitivo por el aire, canta cantos dulces con su sonora garganta.

Después de expresar su reconocimiento a la benigna voluntad, se dirige a la Casa Religiosa, llevando los favores en su corazón, y pone al corriente a su Superior y fiel compañero, Los pechos de todos se agitan en suavísimos gozos. Se ofrecen misas a Dios y a los Ciudadanos de la Suma Esfera.

Y determine emprender el camino al despuntar el sol.

Despedida

Cuando la Aurora del día siguiente, saliendo de su lecho rosado, devolvía al Olimpo el día con su purpúrea luz, Salvatierra, impulsado por el fuego divino, acelera la partida; y estrechando contra el pecho a sus hermanos, así les habla:

"Vivid felices, dulcísimas prendas de mi corazón, ya que vosotros no tenéis que surcar océano alguno. Vivid, y si tenéis alguna preocupación de mis peligros, ofreced nuestros continuos trabajos a los Celestes. Os ruego que me devolváis con vuestro encendido amor estos servicios: es todo lo que de vosotros pido. Y tú, amada Casa, consérvate. Conservaos, compañeros fieles: los de California me arrastran".

No dijo más. A su vez, los hermanos sellaban el pacto de su amistad con los ojos y ardientemente le desean en su camino plácidos vientos.

Plegaria del P. Ugarte

"Oh, Celestes, si me es permitido desear algo en mi oración y tener propicio al Numen con vuestra intersección poderosa, aplacad el blando mar y mandad suaves vientos a los litorales y apartad con nimbos las tempestades horrísonas, para que, finalmente, la nave sin incidente alguno, llegue incólume a las playas lejanas. Y vosotras, Náyades, y la demás multitud de diosas que pobláis los espumosos campos del cristalino Tetis, os ruego que guieis, con vuestro plácido nadar, la nave. Oh Ninfas, abrid el camino y cuidad a nuestro Padre".

El viaje

El Padre, sin llorar y sin quejarse, encaja la espuela al de ágiles patas y da rienda; trata en su carrera, de dejar atrás a los rápidos vientos: como suele la prócer paloma salida del árbol rasgar el camino cristalino y volar por el abierto cielo. Así caminó, expuesto a los peligros de la vida, treinta días, por apartados picachos de monte, por ciclópeos roquedales, por bosques y selvas.

Cuando le fue dado contemplar con alegría en el líquido cristal, las playas de Matancheli, meta de sus deseos, elogió a su fortuna y deteniéndose en la playa bañada por el mar, observa si por ventura surca aquellos mares una nave que será su casa mientras recorra de Neptuno los campos. No viendo, pues, ninguna embarcación en las trémulas olas, ora a Dios como de costumbre y su corazón se aquieta con la esperanza. Más tarde contempla desde la arenosa playa del mar y aparece ante sus ojos una hermosa nave que, agradablemente, muellemente venía por en medio del mar, y que hinchando sus velas extendidas por el resonante Boreas[59], amarra, no lejos de él, su pintada quilla al dique del puerto.

Descripción de la nave

Por dentro tenía pintados, en varios colores, las imágenes de jesuitas, varones poderosos en virtud, quien con sus hazañas habían dado lustre al Siglo Segundo. En primer lugar resplandece Regís, ilustre

---

[59] Dios griego del viento del norte.

por su piedad, a quien alberga la alta sede del cielo, agregado, en los altares, al número de los Celestes. En torno a una concha, aparecen unos cuadros que representan, en imagen, los rostros de Pasmano, de Orsini, de Lugo; les hace compañía en la púrpura Sforza[60] a quien Polonia concedió el haber ceñido la corona del reino. Después está Everardo y también se contempla Ptolomeo, no desprovisto de honor, y Rubio de Saxonia, cuyo apellido le viene del fuego vengador, es incluido en el círculo.

En otra parte se encuentran los escudos, los cascos, los estandartes, las coronas, los esclarecidos escudos de armas de duques y los cetros de los reyes que

---

[60] Referencia a la dinastía Sforza de Milán y su relación con el color púrpura, que históricamente simbolizaba riqueza y poder.

desde un principio ostenta Loyola. Y los dos Boboes, y Gaetano en aras de la virtud y bajo unas gastadas vestiduras, resplandecen alegres en su trono, y entre gemas, más resplandecientes de los rútilos astros. Acá Señerí[61], con su palabra y su pluma refuta el veneno mortal de la herejía. Allá una multitud de Maestros y Doctores hace odioso el crimen y a los seducidos por la falsa dulzura de los errores, el amor de la piedad aconseja: cuantas palabras caen de la cátedra, otros tantos rayos vibran. Un cuadro de muchos colores, muestra las figuras, dignas de Apeles[62], ante sus cátedras, de los educadores de mil ingenios incultos de jóvenes en el

---

[61] Paolo Segneri fue un jesuita, escritor y predicador italiano
[62] Pintor griego de hacia el 350 a. C.

amor a los Excelsos y en el esplendor de la sabiduría.

Imágenes de la peste

En la parte de enfrente están colgados unos gobelinos que muestran la terrible peste que azotó a dos ciudades: el hospicio de Albicola y la primera Ciudad de Cortés. Cuerpos que yacen inmóviles en sus lechos; entrañas que se pudren de pus escondida; rostros que se contorsionan ba-ñados en negra sangre; insaciada sed por dentro, envuelta en llamas, que crece por el río de la fiebre; ningún deseo de alimentos, las mesas engendran hastíos; el sueño está ausente, y los miembros faltos de alimento y de sueño, se descomponen; la peste se ceba, la fuerza de las articulaciones se debilita; la muerte presiona y los cadáveres llenan las piras. No hay lugar en los templos para los despojos de la muerte: todo está lleno de cadáveres.

Los muertos son llevados en carros al campo: para tanta muerte un solo sepulcro igual.

Abnegación de los jesuitas

La Compañía de Loyola, compadecida por la ruina de la peste y pronta en sus ministerios para curar almas y cuerpos, vuela y alegre desempeña trabajos ímprobos; no descansa obligada por sus vigilantes cuidados, hasta que, tocada por el golpe de la enfermedad incurable, cae, para ti, oh México, una treintena de víctimas ante tus muros, e igual número ante los tuyos, Bohemia.

Los mártires

En otra parte se representa un espectáculo monstruoso, que causa compasión al mirarlo: ríos corrientes se enrojecen con sangre, por la muerte de varones, cuyos fuertes cuerpos se retuercen por las terribles heridas que soportaron luchando por Cristo.

Pero, ¿para qué cuento más cosas? La nave contiene todo aquello que es digno de memoria en este siglo, y pone por los cielos a los Nuestros.

Última alocución de la Virgen

En esta nave iba la Reina del Cielo. Y levantando la cabeza, rodeada de grandes resplandores, manda al Jesuíta poner sus plantas en la cubierta, y al mismo tiempo echa una mirada benigna. Cuando todo lo ha visto, la Madre, dice en pocas palabras:

"Si la fortuna te concede consumar este trabajo, oh, querido, acuérdate de contemplar las figuras de los héroes colocados en la nave, a quienes la Piedad aderezó el camino a través de las llanuras repletas de mutilados cadáveres, y ricas en duros suplicios: así marcharon a los astros cargados de botines espléndidos. Aprende a padecer (las coronas no ciñen las sienes sino de los acostumbrados a sufrir): la victoria está erizada de armas. Adelante, pues, y luchen los remos en el mar undívago[63]».

Dicho esto, desapareciendo de la vista, subió al cielo.

Se hacen a la mar

Una vez que los marineros mandados se apresuraron a avituallar la nave, estando ya los cinco soldados concedidos, el

---

[63] Adjetivo poético que significa que ondea o se mueve como las olas

capitán leva, perito, las encorvadas anclas y, sueltas las amarras, se apartan de tierra. Con ímpetu se inclinan sobre los remos y surcan las aguas azules. Cuando estaban ya lejos de tierra, la diestra marinería se preparó a desplegar las velas y corre la nave por el mar abierto, y es llevada velozmente por el nuevo impulso, como una flecha mortal arrojada por el parto o el indio bárbaro vuela por el aire.

Los marineros, navegando con alegre clamor, dan con prudencia vela a los Euros, para que los vientos amenazadores no vayan a ladear de repente la nave y la proa reciba agua. El mar se encrespa. Surcando el océano, resuena la prora[64] veloz, empujada por las velas. La nave impelida corta las olas.

---

[64] Poéticamente, proa.

El Averno se inquieta

Vuela la Fama y, rápida, llega a los oídos del Torturador Estigio, divulgando que anda ya suelta la nave que es su perdición. El Que-despide-maldad, horriblemente brama con sus sangrientos belfos y, arrojándose en precipitada caída al negro Tenaro[65], con esta espantosa voz habla a sus Hermanas Vengadoras:

"Oh Furias, si vuestro nombre algo puede sobre el mar, y si un poco del amor a vuestro rey toca vuestros corazones, venid inmediatamente en mi ayuda. Personas para mí odiosas surcan las aguas de

---

[65] Posible referencia al cabo Tenaro, que en la antigüedad se asociaba con la entrada al inframundo.

California, y tratan de imponer piadosos ritos y arrojar —lo que me enfurece— a mi Numen de esos dominios que nos pertenecen. Agitad el mar, moved enfurecidas olas, enterrad la embarcación en el agua, o de estas playas arrojadla".

Las Euménides, con tal mandato, al instante revuelven los plácidos mares. Ya para entonces toda la arrugada tierra y las colinas que coronan los campos, estaban a la vista de los navegantes, y Doris callaba arrullada por los zéfiros.

Por todas partes el claro cielo se llena de negras nubes, y el mar inmenso anuncia iras terribles. Y de repente, una negra tempestad con sus horrísonas olas se desata, acompañada de vientos, de rayos y lluvia. En el fondo las aguas y las escolleras se encolerizan; los truenos hacen temblar montes y valles; el cielo es ocultado por nubarrones. Sigue un fragor de velas y un clamoreo de hombres: toda la tripulación se mezcla en tumulto de muerte. Por doquiera se presenta a los hombres el horror y la cercana imagen de la muerte: todo presagia catástrofe horrible.

Salvatierra da ánimos

Entonces el Padre grita:

"Marineros, pechos esforzados, quitad, os ruego, ese frío miedo del corazón, para que no extenúe vuestros pechos. Apodérese la fortaleza viril de vuestras entrañas y, todos a una, dirigid vuestros esfuerzos para superar esta calamidad. Superaremos, con el favor divino, oh, vosotros compañeros de suerte, los conatos del infierno y las encrespadas olas del mar".

Acabó de hablar. Y por la parte contraria del cielo se presenta un inesperado torbellino que sacude desde lo alto el mástil roto. Y el temor al peligro sigue creciendo. Corre inmediatamente la marinería a reparar los desperfectos de la nave y servir con noble dolor a su suerte. Mas, arrojado desde el cielo en ciega vorágine, el viento golpea el costado, y por las rendijas abiertas entra el agua. La rapaz ola arrebata el timón y lo sumerge en torbellino.

167

Capitán y marineros no pierden el ánimo; por el contrario, abandonando el gobierno de la curva popa, tratan de echar fuera, por doquiera que pueden, el agua que entra. Pero cuando ven que el cielo se parte a lo lejos con triple relámpago, exclama el capitán:

"En tan gran peligro de vida, Padre, de nada sirve la pericia. Los vientos se echan encima desde todos los rumbos · con vago fragor, y las olas ciegas por el golpe de los vientos, vencen la mente y el ánimo. Solamente los Celícolas, que tienen excelso poder sobre los mares, pueden, in-mediatamente, sacarnos de tan grandes angustias".

Plegaria a la Virgen

El Jesuita, dándose cuenta de que era inminente el naufragio, y que crecía más y más el furor de las aguas, hizo lo último que podía dirigiendo hacia el cielo esta plegaria:

"Oh, Estrella del mar inmenso, Virgen de la estirpe de Jesé, si tienes desde el cielo un poco de piedad para nosotros, de estas terribles olas líbranos, y tiéndenos tu mano benigna. Baja del cielo y pon en huida los vientos; ata a las Furias; vence al demonio sagaz; las tempestades serena. Después de que se me ha dado llegar con mi nave, siendo Tú gula, cerca de las playas amadas, no permitas que muramos en el mar; por el contrario, poderosa Señora, concédenos llegar a puerto".

El milagro

Apenas pronunciadas estas palabras, pareció que de repente el cielo resplandecía con rosados fulgores, y que al instante, los nubarrones cargados se desgarraban. Y la Virgen, rutilante, fue contemplada en una nube blanca sobre las agitadas aguas del mar. Una vez que la hubieron mirado, amainaron los Notos, se apaciguaron las tempestades. El mar se calmó y volvió la claridad del alto cielo. Entonces Salvatierra, de rodillas, da gracias a la Señora de los Celícolas, diciendo:

"¿Podría, Celeste, darte digna acción

de gracias por el don de habernos salvado la vida, la que hubiera perecido en el océano inicuo, si Tú no hubieses, benigna, hecho huir tempestades y vientos? Añadiré esto a todo aquello con lo que tu mano me ha hecho feliz; con un corazón agradecido, mientras viva, veneraré tantos dones tuyos".

Asintió Ella, e inmediatamente volvió al cielo empíreo.

Feliz arribo

Todo así arreglado, vencida la rabia del Malo Enemigo aparece a la vista la tierra querida, Los marineros sueltan velas capaces y el ancla; y finalmente tocan las gratas arenas. En el litoral están los indios, que reciben con admirable complacencia al Padre, y le ruegan que penetre en sus tierras. ¡De tal manera un divino amor envuelve los corazones, que ni las duras rocas podrían resistírsele! Rápidamente baja Salvatierra de la nave y de lo más profundo de su alma pronuncia estas palabras:

"Oh, casa amada por mí, chozas frecuentemente deseadas; hospicio, descanso agradabilísimo, para mi corazón. ¡Feliz seas, amada de Dios y de los Santos! Y tú, pueblo acostumbrado al yugo del duro Tirano, felicítate, porque las terribles cadenas de tu cuello cayeron. Ahora habrá sólo amor que dirija blandamente las riendas. Las rosas surgirán de la tierra; las linfas brotarán de las rocas; los campos se cubrirán de mieses; la mala yerba perderá su veneno; las espinas dejarán las sementeras, y la peste, y la sed y el hambre. Concedednos esto, oh Celestiales, cuyas imágenes piadosas veneramos los cristianos con incienso sagrado. Prestadnos, Ejércitos, vuestro poder a fin de que vuestra imagen no sea violada, y para que el honor merecido habite en vuestras aras".

Terminó de hablar. Y el coro de los Alígeros resonó en alegre tumulto. El mar, la tierra y el cielo a una resonaban en triunfos. Allá en la primera flor de mi juventud esto cantaba, cuando ansiaba mi espíritu andar excelsas sendas. Pero la vejez, pesada por la edad, no me permite ahora levantarme al Templo de las Piérides. La vena poética, entonces, fácil y agradable me era, ya por las canas, árida mi vena ahora no fluye.

Mapas de Nueva España

Libros Mablaz — Ciencia Ficción y Fantasía

http://librosmablaz.com/

Libros Mablaz — CLÁSICOS de Ciencia Ficción recuperados

http://librosmablaz.com/

Libros Mablaz

Narrativa — Relatos

/www.librosmablaz.com/